U0164091

震來虩虩

學院詩人群年度詩集

2002~2003

The Academic Poets' Circle, Taiwan

陳鵬翔	汪啟疆
尹　玲	古添洪
簡政珍	白　靈
林建隆	洪淑苓
方　群	唐　捐

震來虩虩

唐 捐

1

　　時速一百，世界逐漸鬆軟，色彩與線條隨意流竄。冷氣機裡，流淌著幾首六十年代的歌謠，迴旋反覆，在封閉的車廂裡加濃，久久醃泡著腦袋。天高如牆，地厚如繭，中間多少血腥的和平，這就是人們津津樂道，在廣場上徹夜守候在電視上夸夸聚談在廟堂上宵旰規劃的那個新世紀嗎？帶著舊世紀遺留下來的手機、汽車、電腦和身體，奔馳於筆直但漏洞百出的高速路，愈老愈豔的餘暉，從天邊漫衍到頭皮，沿著髮根，侵入神經。

　　震動不寧的時代。憂慮警戒的神經。

　　像一隻壁虎用肉身緊緊貼住搖晃的牆壁，靜靜體認天地的脾氣。壁的這一面是殘暴的撞擊，那一面則是刺耳的聲音與憤怒。紛紜雜亂之力及其反作用力，在牆壁深處交擊，互撞，凝結成一世之傷。這傷，深深植入屋宇的四壁，也植入貼壁諦聽的壁虎。詩人感物言志，或造憂生之語，或懷憂世之思，耿耿慮患，忡忡警醒，真與貼壁聆諦的壁虎相埒。

2

　　在學院的概念下，十位詩人的作品組合在一起。這個概念，在特定時空下曾被視為惡謚，意味著保守、僵化、迂腐或退離，臺閣雕鏤，西崑酬唱，以詩為名而棄絕詩的精神和血氣，使得「學院／詩人」幾乎自成悖論，難以融合為一體。這種看法其實相當詭怪，不可能是什麼定理。

　　依我之想，學院宜為一種專注投入的精神，在嚴格、深刻、系統的訓練之下，探討詩之為藝的每一個環節，在知識商討與情意感發之間，取得美好的平衡。學院構成一套體製，正如藝術自有一些規律，但這種「體」或「律」不容橫暴壟斷，其內部宜有一股自我質疑的力量，甚至習慣。我甚至認為，沒有「質疑」，就不必有「體製」。故此體漸立，彼體忽破，前律後律，反覆辯詰，在一種謀定而後動的試驗中，創生不休。

　　因此，學院之牆無法妨礙耳目對宇宙的觀察，不能阻隔肉身對人間的介入。正如格律在扶植詩意，學院之牆，應當在守衛獨立思考的價值，鼓舞我們用更銳利的眼光去看取世界，用更厚實的言辭來糾正事物。於是我們有詩。那是學院精神與人間血氣的交集，通過筆墨而實現。

3

　　本集為學院詩人合刊之第六冊，選錄十位詩人近兩年作品各十數首。蘭亭雅集，各言其志，彼此差異有時甚於通同。裒聚成一編，更能展示字林辭海追索試探的多種可

能，彷彿就是十冊詩集的縮本。猶記兩年前的五月天，在外雙溪校園有一場朗誦會，會後談起新集的編定。我於同仁，最為後進，乃於大閒小忙之間，自願承擔此次的編校工作。寒暑再易，幾經轉折，我們終於又透過詩的形式聚集起來。春江水暖，野鴨悠然負載自己的感悟；夏雷震震，有人用詩發布心靈的消息。

震來虩虩／唐捐

白　靈 作品 119

方 群 作品   163

陳鵬翔

　　筆名陳慧樺，廣東普寧人，1942 年生。早年曾用過林寒潤和林莪等筆名。中小學俱在馬來半島北部的覺民中小學畢業。大學研究所專攻英美文學，1979 年在台大獲得比較文學博士。曾任台灣師大英語系講師、副教授、教授，任教英美小說詩歌及西方理論等課程，並兼國語文中心文化研究組主任、校長室英文秘書、外籍生輔導室主任以及英語文中心主任等職。曾為中國古典文學、比較文學、美國研究以及英語文教師學會理、監事等，現為中華民國英語文教師學會副會長。1997 年 8 月起轉任世新大學英語系教授兼系主任，2003 年卸下系主任職位。在校時曾與友人創辦星座詩社、噴泉詩社和大地詩社，並合編《現代文學》。1983 年赴美國夏威夷大學訪問一年，1995 年初赴耶魯大學和加拿大奧伯塔大學當訪問學者。在比較文學及文學理論上頗有建樹，提出比較文學中國學派的主張，以開拓學術主體性。長期勤奮寫作，著有詩集《多角城》、《雲想與山茶》和《我想像一頭駱駝》；散文評論集《板歌》、文學評論集《文學創作與神界》和學術論著《主題學理論與實踐》（2001）。編著有《主體學研究論文集》，合編有《比較文學的墾拓在台灣》、《從比較神話到文學》、《文學‧史學‧哲學》、《從影響研究到中國文學》和 "Sinology and Cross-cultural Studies," Special Issue of *Canadian Review of Comparative Literature* 24.4 (1997), "Comparative Studies of Chinese

and Western Feminism/Femininity," *Tamkang Review 29.1* (1998),
"Feminism/Femininity in Chinese Literature," *Tamkang Review 30.2*
(1999), *Feminism/Femininity in Chinese Literature* (Amsterdam:
Rodopi, 2002) (last three volumes with Dr. Whitney Dilley), "Global-
ization and Anglo-American Literature", *Tamkang Review 33.3-4*
(2003) (guest editor with Francis K.H. So) 和《二度和諧——施友
忠教授紀念文集》（2002 年）等書。中英文學術論文七八十篇
散見於國內外權威學報及雜誌。事蹟被收入《中國現代名人
錄》、《世界華人文化名人傳略》、《中國當代著作家大辭
典》、《台港澳暨海外華文新詩大辭典》，ＡＢＩ出版的
Contemporary Who's Who (2003) 等。

〔作者發表繫年〕
　　《返鄉》與《教學評鑑表》發表於《海鷗》29 期，2003 年
春夏雙季號；《班夫（Banff）兩帖》首次發表；《慰安婦事
件：2001 年初》和《史坦利公園觀雁群》發表於《海鷗》23
期，2001 年春季號。

返　鄉

突然間
潮安艷麗的樹木消逝了
車窗外已閃過峽山與司馬的地標
他一下子竟被陰霾給嗆住了
路旁矮房子都傾圮成了問號
田野上陰魂晃動都跑來向人們傾訴
他們在人間時的種種淒慘
到了、到了
一個人影擠迫的流沙
倒掛在空中

先人的村落陷在陰霾中
他們的童年已自田野躍現
土頭土臉浸淫在稻田中拔草
背向顫抖在北方的大南山嵐
青春被馱成馬背上瘦瘠的柴薪後
而烽火已從山頭蜿蜒走來啦
可盜賊又闖成地平線上的螢火
把田莊都夷為翌日的幾道孤煙
上頭只剩下幾隻野狗在嚙食屍肉
如此這般的景致

絡絡繹繹在這片土地上展示

先人的背影隱退後
他竟跌坐在（中山）公園的石板上
直瞪著那一座豎立在一角的烈士碑
斜乜的陽光燒灼樹梢頭
鄧麗君的歌曲哭泣在籬笆外
那麼熟悉又陌生
直把他推到曼谷街頭去迎迓
他把烈士碑照一照
拂去夾克上的塵埃
向幾個陌生的旅人說拜拜

（2000 年 11 月 27 日於汕頭；03/07/17 改於台北）

教學評鑑表

真沒想到她竟會向天空控訴
大學校園裡的雅痞、美眉
四處閒蕩
繳上來的評鑑表竟會張牙舞爪
字體咄咄逼人眼珠子
飆走成為高速公路上的龜兔
浪漫、裸奔、血腥、自我
一盤散落在地毯上的稻米
喪失了主體性與魂魄在競爭
缺課N次、在課堂上聒噪用餐
這些的這些都可以不計
誰叫我們是當代的美眉和雅痞
嗅到了校園裡的新鮮空氣
老師的聲調嗡嗡不帶勁、頭臚、衣著褪色
通通都可以列入考核，精神委靡
我爽了就勾它五點、不爽就勾零
主體竟都躲在方塊字後探頭探腦
理性、慾求
任誰都主導不了誰
羅蘭‧巴特的jouissance
「我爽了」就好

我的這位同事大聲宣佈
她在校園裡看到群鶯亂舞
溫寒帶的夜鶯棲息在枝頭上？
考據學還須有源頭嗎？
通通都是飛禽、亂飛亂闖
十幾分鐘的錯亂又兼搖頭
大筆勾一勾，我爽了就好
鐘聲響了正好把故事結束掉
班代繳來一疊評鑑表／飆／錶／婊

（2002.07.12；92.07.16 台北）

班夫（Banff）兩帖

1. 在班夫尋人

霏霏細雨滴在屋頂上
濕濕的屋前道路
停著幾輛私家車
瞪著左右前後的杉樹、竹林發呆

酒家、童子俱在
獨不見入山採藥的詩人

左尋右顧
屋前屋後只找到幾只
足跡／影子

（92.08.27 班夫）

2. 班夫車站

偶爾那麼久才有一輛車劃過空蕩蕩的街道
更難得瞥見一兩個行人

灰黑的 A 型屋頂伸出半截杉樹的後方

落磯山巒半腰山嵐圍繞

傍晚七點鐘
幾隻黑鴉劃過屋脊
灰白的天空益發突顯了山巔的尖突以及
一筆一筆的聳立水墨

寬長的車站之內
那麼三幾個旅客
閒晃、發呆、焦慮
遙望山嵐以及山頭的聳翠／黛綠

（92.08.27 班夫）

慰安婦事件：2001 年初

阿桃、阿珠啊

你們何必這般艱苦

福泰的身材早已把古早的創痛吞食掉

這陣子可還得現身屏幕、上報紙[註1]

出場來陳／口述六十年前的故事（歷史）

駁斥許某某、蔡某某董事長的媚日行徑

他們竟然膽敢在妳們的傷口灑鹽巴

他們在小林善紀的《台灣論》中

批評妳們當年為何要出身這麼貧窮

窮到被親生父母賣去南洋等地「被人當玩具」[註2]

都是自願的，說起來這可是妳們「出人頭地」的出路

更何況日軍當年都發給妳們保險套

十分人道的，他們都不想留下太多孽種困擾政府

妳們何必十年來苦苦纏住這些桃太郎？

性別歧視、性別暴力本是稀鬆平常的事兒

妳們要控告該應去控告當年迫害妳們的父母

我們當年不也設有軍中樂園嗎？

然後我又在屏幕上報紙上看到

婦援會在寒風颼颼中為妳們擺攤子連署

某黨在誠品書局前焚燒《台灣論》

繚繞的火舌把妳們的驚恐捲到

銅門山洞口、昭南島工寮、熱帶

　　雨林邊緣的帳棚中

試穿著和服，雙頰抹上脂粉

　　眼圈滯黑，坐在那廂床頭等候槍棍插入

哎呀，他們日夜在妳們的陰道進進出出

　　　然後垂伏在你們的胴體上休憩片刻

　　　等候翹楚、殺戮、怒吼成為沙場

火舌在屏幕上逐漸隱去

然後顯現的是政客的爭吵與觀眾的 call-in 聲

夜仍暗暝暝

這齣歹戲還在上演中

（2001 年 2 月 27 日；3 月 9 日台北）

附註：

註 1：見阿桃、阿珠這兩位慰安婦出面向行政院長張俊雄陳情的鏡頭，
　　　《中國時報‧社會焦點》，90 年 2 月 24 日：第五版。慰安婦事件由
　　　小林善紀的《台灣論》所掀起，自 2 月 22 日在電視屏幕與報章一
　　　經報導後，一直燃燒到 3 月 9 日尚未退燒。

註 2：「家裡被炸……現在被人當玩具」是台南市謝金蘭被騙去南洋當慰
　　　安婦兩年之後寫給其男友何先生信中的句子，見同一標題，《自由
　　　時報‧台北焦點版》，90 年 2 月 27 日：頁 12

在史坦利公園觀雁群

陳鵬翔

在溫哥華史坦利公園跟雁群嬉戲
噢呀，噢呀
脈搏和回音都溶成一個溫煦的西紅柿高高掛在樓牆上
我們都躺成公園裡那一片綠毛氈
暮秋的海灣漣漪成片片金光魚鱗閃閃

徜徉在綠毛氈上
跟一群尚未南翔的雁子對話
噫呀，噫呀地進入童話的世界
你們何時隨我們飛回南方？
在秋陽斜照下我們對視奔跳

三幾天後自落磯山道回來
你們已飛成天空的景點
哎呀，哎呀地排成矩陣美的Ｖ形
把地上的眼珠子和車隊都串連成仰望
午後在溫哥華市郊

（89年12月8日；90年3月9日改）

汪啟疆

簡 介

　　海軍軍官學校一九六六年班畢業，歷任艦長、作戰署長、國防大學海軍指揮參謀學院院長、海軍反潛指揮部暨海軍航空指揮部指揮官。現為監獄義工輔導教師及兼任軍事學校戰略課程。

近 況

· 盼望遍踩台灣大地，能一一撰寫入生活詩中。
· 廣泛閱讀，以此做更深入觀察，結合個人經驗與歷史來創作海洋長詩：台灣海峽。
· 回到基督耶穌愛與犧牲的精神本質。在教會服事中，更求體認福音撒種與彼此相愛的成長性、普世價值、心靈高度、社會人文條件；成為自我寫詩的底質及養分。

獨　立

我醒的很早很早，黑暗如夜
我摸索到紙，寫了獨立……就停下來，思索
我等那疲憊肉體回音喊叫的政治濤聲止息
我赤裸著沒有方向感，而開始不耐

我要走出去，不願睡了
我要選作一片夜底掉下的葉子
我要離開樹的身體，去找風和鳥叫

（2003.10.20《自由時報》）

海之曙光

曙光，醒於晨與夢境
她在這處的海上，踢這片海、在海
微啟的縫中……

她美麗，鱗片般光澤，使我
相信她用整個胸脯藏起了太陽
她軀體的碎片是自心臟開始給予的

開啟、呵開啟　海的初生嬰的
眼睛，好乾淨的另一次
出發

她美麗
她屬於這處海上

（2003.11.20《自由時報》）

在我們島上

・卡門

在我們每個夜裡的台北pub

一首歌,唱出另一個安娜卡列尼娜
酒和迷幻和血燙,點燃敞開裙擺的有力雙腿
跳著西班牙一塊不屬任何的墟垢
她以舌頭搓出一根自己軀體內的美麗蛇信
愛慾另一端繫緊死亡,在褪色前

在褪色前,奧菲力婭仰溺入溪水裡,個性
為自己製造狂烈的夢。夢即要凋落
選擇熟透的夏天作凋落。

・天空

在我們桃園國際機場的天空夾層

出境口的雁鳥隊伍
總在啄找翎毛內全部記憶,——進入另個
堅硬外殼的軀體後;風和翅膀都任一切
被攜帶,被沉澱、被遺棄

雁們暫時斂頸睡入另一個夢境，飛行中
夢好大好大，但有些冷顫……牠們縮在
翼腋的暖度裡。還徙另一個陸地
另一處天空內的光，還不曾透進來。

・蚊子
在我們高雄黑色濕沼地淤水的意念裡

斑黑的，瘦窄體型的，不被喜愛的
小飛行器，祇用血做燃料來啟動引擎
它被擊落乃受所吮載血漿之人的慾想重量
而未能到達
應有的
高度，是那病症傳遞般茫然的憂鬱啊。

・三葉蟲
在我們楠梓朋友收藏間的化石中

我竟看到牠顫動了某些觸爪
是想像嗎？化石存活著的痙攣
錮囚了時間凝結的琥珀色；在睡意中
在台灣，我雙手極重的捧住，發冷的石層
牠也曾屬於肉與意識……整體與周邊一切凝結
我那時的形骸容貌和心思，睡意中暖身
祇有地球才留下所要留下的

祇有夢才保存所不能保存的。

· 暖度
在我們屏東整片刈割的甘蔗田

陷入夢裡的
就粘在夢裡吧。別出來，太陽藉牠說話
世代交替的絲和津液黏附於農舍，仍然從
殘根泌出泥土內的甜味

莫內，這蜘蛛，總愛躲入
溫暖的、刈割後的蔗葉下，我的孵化之處。

· 鵝鑾鼻
在我們土地敞開最南端的海灘

誰進入夜
在黑暗中毫無聲息，藏匿著，每一次都
拔下一根年齡的白髮……在夜的黑色
髮茨，流星雨拔著一根根時間

留下的白髮竟是
時間內的曙光嗎？

天　命

蛋殼不容自外部打開，這是天命
需由自己內裡啄出可飛翔的肉軀

· 死有時

生命一直拍攝的，父親
那卷錄影帶，一下子停格了
　天空在另一端隱隱浮現蛋殼色。
停格，是誰誤按的
是父親拒拍了嗎？我只記得最末的一大段
焦距已全模糊的鏡頭。
夜裡蟬聲的配音
每每會把父親吵醒，父親就沉默躺著
　　　　　　空白著，匣帶。

· 生有時

父親那天中午，突然要寄信
　往皮膚上蓋個戳記
　　　竟把自己寄走了。
中午，太陽整團縮成一粒刺鼻洋蔥
我一直剝它到一切感覺消失於反覆動作
　皮膚、肉、最後頭顱都叫我剝光
　捏著變空的手指，太陽沒了

淚滴有它的皮膚讓人繼續剝嗎？

・拔出栽種有時
那是一張以肉搗成漿，敷薄了
用軋刀裁下仍抖擻的紙，蒼白的黑字
逼兒子填具
父親死亡的證明單。而我努力以父親在誕生的
　喜悅中所給予的名字，簽署命名者之薨。

那栽種與拔除的荒謬現實，想及我和兒子
父親坐在他的空床上觀看全部過程。

・懷抱有時
冬天一定在回想所有季節留下一切
曬乾飽滿穀粒倒入黑暗的大麻袋，送往
廩倉；那富饒的承裝的傾倒聲與過程
　怎麼竟是潰坍、雨下不息的　聲響？
死亡是誰為萬物縫出的一個麻袋
秋和冬的篩除及窖藏，將又在那一處土壤
裂開綻線，找到春夏？

・尋找有時
父親在隔房咳嗽。

……從少年馬克斯讀到中國形貌，讀到抗戰的

旗幟，讀到海峽隔開自己土地形成的政治學邊緣
父親一直明白這本書讀不完，就擱下了。
……醒著作夢是他老來最慣常姿勢，讓所有時間
帶入皮膚捲起的一捆山水，最多在眷村的迴巷
走一趟回憶，坐在椅子把咳嗽都蓄起來。
父親其實很想將身軀拉成一根地平線，讓
自己毫無遮攔的直直的橫躺在遙遠的籍貫界域
親自聽到太陽下落時無限悸動的抖索……

即使走進父親的房間，黑暗
的咳嗽也越孤獨的無人懂。

• 靜默有時
老師告訴：黑色要淹沒白之存在
　　　　　　白色要洗滌黑的佔有。
生命告訴：黑白都以靜默的亮度比襯它們的交遞
　　　　　　它們的屬於；以及灰色的出現。
時間告訴：晝夜再生的蘊藏。

父親穿白衫衣，灰褲、黑襪、布鞋，躺著
仍在光線裡閱讀自己影子吧？我是否該安靜坐著
如一具日晷呢？

• 堆聚石頭有時
太陽催促石頭嘔吐

內裡所堵住的皺紋（整捆皺紋也是無呼叫的）
蛇本能的嘔吐出了
所吞的、原屬天空的羽毛（每根毛髮都不再飛翔了）

死亡吐出過什麼？

草枯在自己根上完成過程之美
骸骨本就屬於所站的泥土展現的根
太陽與蛇的圖騰浮現在頭蓋骨與筋脈……

・語言有時
時間的緘默深處，仍聽到
父親憩止的身軀吐出氣息；滲入
　一處累了的池沼。
聲音是沒有位置的輕和薄
夜裡，池沼飛出螢火遍沾了父親整個體積
透明的、分散開來，然後被吹熄，——吹熄。
靈魂在向整個天空說什麼
即使連體嬰也不會有同一個夢吧？
我身體的池沼，沒有位置，被淚中伸出的翅膀
帶往高處……我聽到
耶和華將氣息吹入鼻孔裡，受造的
風的聲音。

· 縫補有時

大雁,你叫喚,自群的行列
你還徙,你前邁,你讓
天空、地平線因你的進逼,以驚悸縮退

被風撕裂的翅膀,你誰也不睬
遭彼此叫喚吵醒的雲,也都噤聲

你頸項挺直,你終於停止
成為驚嘆的文字符號,而我仍繼續
你的意識飛,在行列內,即使知道
翅膀無法永遠持久於一個高度
但是仍需要,飛;用飛,彼此告訴
一個理念搧燃滿天空的翅膀的前進
天空會冷卻,我們是燙的
　地平線如處女等待我們降臨的蹼爪

在夜裡消失
在黎明赤裸的出現。

· 捨棄有時

父親,你還在飛嗎
黑暗內飛的仍是一個成行意志嗎

趾爪伸在催眠的位置,身體交給

消失的翅膀，我是看不見了
這個身體所拋擲的心事
總是不知不覺又宿回另一個身體。

人，屬美麗的、哀傷的、謎
我們承續服膺的天命，勿以肉體的獸作接納
要　靈魂的鳥來象徵，給予及收取
人是活在時間歷史裡的生命

生命給時間以意識
時間因此富饒如一畝畝水田

美麗的稻穗，一代又一代
刈割、收藏、撒種，麻雀飛在人間的高度

天命內我聆聽可看到的麻雀之存在
纖弱的、跳躍的、卑微的、美麗如逗點的謎。

・失落有時
蛋殼剝開了
夢呢？

註：傳道書：「凡事都有定期，天下萬物都有定時」，為
　　各題之名。

（九十一年十二月《聯合文學》第二一八期）

群　翅
——給林燿德和詩人們

汪啟疆

● 我遇到暴風雨和它破裂的聲音
　它發自一本舊書的聲音——麥哲倫之心
　　　　　　　　　·聶魯達

大自然在唱
且已唱很久很久，大地在承諾中
不斷不斷開展地平線，頁次

生命在叫喚翅膀
翅膀，探詢肉裡的熱
地球弧劃區隔不同的到達
經緯分泌體溫和夢境

（燿德，你飛到那塊位置，月亮的
　　沼澤面積笸住多少和你一樣的大雁）

冷熱於異域的、流浪的雲翳啊
總翻弄自己各塊幻變的圖形板
唯一太陽月亮仍然循替提一盞燈火出場
星星箭矢狩射之傷，總在背脊抽痛

海和沙漠仍然乾渴、不真實
往意識退縮來容納突進的翅膀蹼爪
拖住雲飛是累的，時間總屹立無復終始的
位置，作沉重下墜瀑布撕開的鳴叫

飛翔一行優雅的詩句，由我們演出
落棲作美麗逗點，起落是一陣拍掌驚爆

我們無從選擇
把大自然撕成一條一條來追逐線的宿命
且是自己來撕，為了夕陽這具助燃器熄滅後
再度發燙的日子。我們用穀類的眼睛飛行
用翅膀和喙，用廣闊，用樹葉和枝子
排列於前後，左邊右邊，好包裹夕陽。

停在微雲上方，鳴聲的裡面，以河流前進
月暈邊緣，雲的頭顱與喉節間，以靈魂前進

在岩石和山層、風雹的衣領外
有咆哮，飛過我們正飛的頭顱、雙耳
睡我們該睡的床和菨草、喊叫我們聽不到的響動
僅翅膀聚力的那砣肉活出呼吸的風箱抽送聲
　　身體響徹情緒一致前邁的鐘錶店
　　嘀　聲問訊發出翼的煽動記錄

答　句的沉寂就給予了
　　湧自翼下大地旋轉的地標回訊

我們群飛著
用本能而絕非僅僅以愛作續燃的禱告
（愛將燃盡，而本能不會）
用思想作到達又捨離捨離再超越的粘合劑
用宿命的夢的毗連，用彼此的純潔
羽毛粘住的蒼穹即使一再撕裂我們
集中的鳴聲，乃出入於夢境

間或趕路在夜的內層、濃霧濕徑
暝暗覆印各樣生命湧起的懷疑與聲響時
我們在黝黑大海，圓形的，下俯的
海之身軀貼掀白羽毛、島嶼、船、碎網罟
海之身軀滿佈遺忘的碎蛋殼，用人魚的歌唱、
孵化和痙攣的版圖，以及胚型；迷惑我們方向

且集中鳴聲和彼此，用飛
呼喚，再又呼喚；以前額看不見的燈塔以
自語推動藏匿所經歷路徑之貌的身軀，向前

天空飛的
擁有一對巨大雙翼和體積
（還可以起落嗎？）用自由的毛羽包起肉體負重

疲憊飢渴，被風提了，走入雲層間就抖開為糠粃
剩下，一副堅硬的
昂起盯往前方的顱喙。
天空飛行者，讓一切風灌入
心，就感覺變窄的空域與地貌
擴到無止境，容納一切骨骸們掙扎，以靈魂前進

季節中找尋，孤獨的風信雞在屋頂上徘徊
我們不找尋，答案是飛翔
讓飛翔佔據心中自製的地圖航路位標和小窗牖
　飛翔長城縮結的脊椎讓晝夜響在每截磚石
　飛翔台灣四百年遷徙讓滄桑響在對視的山海
　飛翔蓋茲堡南北戰爭讓夢境響在最簡短的文字
　飛翔加略山十字架讓鐵釘響在沉思的世界
讓飛翔越過恒河黃河尼羅河幼發拉底河讓河上的波光
　藉黎明洗淨繁殖的岸土
讓飛翔浸在恐龍長毛象劍齒虎史前魚皮毛牙鱗的進化
　藉土壤飛出寬闊的時間的臨近
讓一隻鳥於回聲迸發的卑微裡，活於現在
飛在比身體的弓更大的地球圓弧，完成射出

孤獨的風信雞緘默在屋頂上往所有的方向猶疑
海因為浪花揭出生動面貌，以翅膀與翅膀
跟隨，以飛翔意義與繞動遷徙

每一隻鳥是每一團凝聚的風，都使答案震顫。

飛翔，翅翼這時展開了多少重量
霧中，露是地球以母親的心獨坐時的淚滴
飛翔，一接續的延長線，從蛋殼發軔
群鳥，存在於棲處，因翅的到達與數算，每一隻都在
啄剔被血所記載的延　長　線
再一次的延長。對進入虛線內的失蹤者
哀鳴後，就必須忘卻，並且出發。

季節裡，那些失蹤或未孵化的都呴了肉糜、種籽來
隨著看不見的黑暗追上來
都宿入群翼的翎羽，無聲的
牠們全部追上來，努力粘合我們
比人類更為彼此相屬，飛翔是比行走更重的歷史感

靈魂捨棄軀殼飛奔而來，屬於痴，屬於壯闊
最重要的：過程與貼近
一部份，必是宿屬於全部。使一隻鳥清晰於歸宿
完成肉軀美學，蛋和
地球以同一意義，等重的喚我們說話，一再說話。

地球不就這樣的喚我和我們一同飛嗎
鳥使天空湧出你我都不懂的光

世界用鳥聲在豐茂中聽啼唱所做的禱告
鳥單純於聲音，因存在而共鳴於光之呼喚
宿入光之水車、鬱金香之淨土

飛翔和雁字，低掠屋頂的天鵝，宿停的燕
一切旅鳥和地鳥彼此呼喚遠方，遠方啊
沒有國界，沒有標籤，沒有簽證卡。
唯一出入的郵戳是羽毛裡的靈魂，使用
戳印在身體攤開的黑墊板上
每天落日睏睡前供予紅印泥的烙印
太陽月亮給予證書
天空、大地、海，都朝向我們發光微笑
成為移動且永續的見證聲音。
天空　孕貯雷電暴雨鬱雲狂颱，我飛過
大地栽長坵巒山嶽城市，我飛過
海洋充滿翻滾的水的吞噬，我飛過
一切旅鳥和宿鳥彼此告知
風所帶來自由的允諾、預言、及惡訊。

飛啊，翅膀清晰知曉，風的鹹淡
天空所達到的接納的頂端，容蓄了
　　鷗的翅膀大海胸羽拔起
　　鶉的翅膀，田畝稻穗拔起
　　鴻的翅膀，沼澤溪河拔起
　　雀的翅膀，土壤沙礫拔起

鷹的翅膀，岩屼嶒峻拔起
頸項仰往神的天空
身體就跟著被舉起到應到的高度，無須秤量
疑惑的眼睛以穀物的清純問詢翅膀
到達那裡？
天空陪同飛時，到達就是夢域，即使離地一寸
我們已陪著天空飛入光線的編織

隨光線飛，找自己的光
光若闇淡我就隨祖先的記憶飛
神會向不斷掠動的翅膀臨近
我們在時間盡頭的延續點上
飛出皈依、贖價、恩賜，和拯救
人禱告所不自覺舉起雙手，宛若天使
　　鳥以飛翔禱告，聲音發自翼翅
　　靈魂在震顫時破裂，光像水一樣
　　注入天空。而地球召喚我們回來，回來如
黎明這般來臨且注入海洋，母親的搖籃
　　　　　　　　　　　或，一粒蛋的裡面。

曠野有人呼喚醒來的眼睫、鋤鏈
更早，鳥將人帶向曠野、牛群、羊群
教導諦聽一切的啼叫和回聲
學習最易且最正確的思想，曠野有人喊著

夢或者黎明。洗不掉的記憶
每塊土地息壤都亮了黝黑的新肌膚
亙古沒有文字的時間繩索，就打上繩結
火焰和灰燼，打結新生的腳踝和軀體

鳥就飛離大地，讓羽毛越飛越高
穿過一群一群意念和一段一段季節
一個躓隨一個，一族緊跟一族，撒開成為
比海和島嶼和山岳還寬闊的子民
千隻萬隻共用一個心臟，昇到一個適切高度
用所有羽毛來裹暖
一切。看似顫抖的不自覺在冷卻的土塵
飛出地球表層孵觸這粒蛋；在地球的軀體上
地球的衣裳是我們，不容取代
天空徹響著兒女們叫聲

（燿德，我認知生命蛻化
　　這變貌的本質）
另外，一些鳥在問
飛的極限在那裡。讓我們去碰觸界線
讓我們作為吊掛在空中的聲音，以意識的形骸
我們的子孫，子孫們的子孫持續尋呼聲而來
世代之夢的毗連用身軀來毗連上帝的曲譜、章節
時間蒐集這些並舖蓋為大地的草之毛羽
到達絕非僅僅地平線，鳥群出入種籽的夢境

開啟地平線以外的可能與佔據
使土地盡成鳥羽的復活。翅膀用飛催促
樹用葉子催促，蟬嘶用洶湧催促
後裔們前進一波逼迫一波的浪濤，風的形貌
追上累世的族群，在舊了且破裂的神聖地址上
　　一封幾世紀的信沉澱後再飛起，風
　　　花瓣帶著全身推開的窗口，風
　　　　全部生命在一起，飛行

飛行，經過每艘大海裡的船桅，群翅的帆
身體縮皺又展開。用奇特的喊聲
在光的內層和內焰中。我們桅頂的水手因之忘形
忘去軀體。展臂呼吸不同叫喊的各種意象

　　但燃燒卻是必須的，飛鳴逐食愛撫……化為
最具體的形軀與憧憬。神選擇鳥成為
任何曠野人聲沈寂後諦聽的代言
群鳥用飛行為變冷的地球織就一件衣裳
以飛行熬熱的骨頭，中空的最輕骨頭
使整個身體燒起，燒出羽毛內的穀粒塵土
使鳥成為新的大地
　　　　　　　　　好裹住大地。

自夢裡滴落的呼喚

旅程終了。意志可以捻熄了。死亡以
身體躺失在任何時刻任何地方或
任何生物腹胃內
（最好回到蛋殼孵出的位置）永遠睡於
再一次等待中。把頭喙覆在翅下
讓蛋殼記起
　神的最初姿勢；然後孵出飛，飛

或者，這仍是完美被狩獵的過程，我呼喊
把肉交予你
把翅膀張給你
把飛還給完成後的你
性愛抖顫的歡暢和半睜眼瞖的凝視
　回應槍聲和牙齒的食肉獸的你
你也對我呼喊
你是我的完美等待
群翅是隱形意志、位置、宿命的給予
（燿德，你是這樣把生命插頭拔掉
　驕傲保持沉寂飛翔）
那刻太陽極熱，我死在遠處
選擇月亮做孵蛋巢，纘取一切，但未完成
容納翅膀的另一次出現，彼此感應和等待著併振
　　保持飛的姿態

飛，是對父親母親的尋找吧

任何姿態方式維持末了前的飛行，黑夜
父母仍以呼聲前導　告誡
兌現未還完的承諾

太陽未冷前還有好大的愛和工作和象徵
待釋放。想細細撕著死，撕開來
找裡頭最古老眼淚所扎的刺，骨頭的驕傲
　荊棘、血、溫柔、穀種、殘蛻、文字
　　以及火、其他
一切，以及一切的一切。我墜於未知之地
　如飛行的熱燙突然中斷了心跳
甚若睡眠的地球突然冷卻，意識乃呼喊：起來
眾多、所有的翅群們喧嘩不已
伙伴們，飛向前去，追上、再追上去

呼聲總在上帝的那一端響起；燿德
那兒是我和你
承諾了的位置
　　我會追上，群翅啊
　　我在追。

（九十二年《創世紀》第一三六期）（2004.6.22 改正）

尹 玲

簡介

　　尹玲，本名何尹玲，又名何金蘭，廣東大埔人，出生於越南美拖市。自幼即同時接受中、法、越的文化薰陶和教育。十六歲正式於報刊發表作品，曾經以伊伊、蘭若、阿野、徐卓非、可人、故歌等二十餘筆名出現。獲國立台灣大學中國文學國家博士及法國巴黎第七大學文學博士。著有詩集《當夜綻放如花》、《一隻白鴿飛過》、《旋轉木馬》，專著《文學社會學》、《五代詩人及其詩》、《蘇東坡與秦少游》，研究羅蘭‧巴特、呂西安‧高德曼、中越文學比較、中法越文化比較等。譯有法國小說《薩伊在地鐵上》、《法蘭西遺囑》、《不情願的證人》、《文明謀殺了她》與法國詩、越南短篇小說、散文與詩歌多種，及英文《人生的航向》一書成中文。目前任教於淡江大學中文系、法研所、輔大法研所和東吳社研所。

近況

　　二○○四年元月譯好的《不情願的證人》一書，是你自幼即已開始的翻譯生涯的第幾部？你當然無法回答，正如你永遠回答不了你是哪一國哪一鄉人？歸屬哪一所哪一系？專屬於哪一個領域？你到底是創作者還是翻譯者？學者？研究者？評論者？旅行者？永恆的飄流者？或只是一無所有的絕對虛無者？

　　在別人以 E-MAIL 和金錢縱橫天下的時空裡，你依然堅持

以不健康的身體飛行萬里繼續飄流，去看不知是真有或實無的界域，在既是異鄉又非他鄉的某處，淒迷孤冷地度過所謂除夕。華文旗幟飄揚花都，鐵塔亮起她生命中首次的紅燈夜裝，雨雪紛飛下，你凝視一切和空無。最終隱身入伊麗莎白典型諾曼第屋內，在那絕少人跡的小村莊，咀嚼你永遠的漂泊基因，為自己唱出終身負荷的無家歌曲。

特定藥劑

尹 玲……

我搭上我曾自 1979 至 1985
（其實啊也於 1986 至今 2002 的不知多少時刻）
無數次搭過的地鐵
在 Opéra 上車開往 Balard 方向
又於 Concorde 換車
同樣從頭走至尾那長得討厭的走道
再搭上往 La Défense 方向的另一地鐵
於奢華典雅的 George V 下車
我在地鐵玻璃窗的映照下
清楚地看見老去的容顏和豐滿的軀體
已完完全全替代二十世紀八〇年代
恣意嬌俏的臉龐和標準奔放的身材

即使已搭過上萬次的地鐵在夢中一如在現實裡
也只不過是未曾停過的飄流河溪
我讓自己疲憊在無法固定無法安定無法確定
　　　　　無法肯定無法堅定的永遠飄流狀態
唯一可以決定的只是
　這一次飄流之後的哪一日
　又是再飄流的啟程時辰
　我讓飄流在我不斷孤獨移徙時

能將千種異鄉百般他國於飄忽中

化作我誤以為的故鄉或舊居

曾於前生或今世或後數代

可能作為稍長或暫待甚或不留之處

讓飄流成為啃嚙青春啃嚙歲月啃嚙生命

　　　　　啃嚙心境啃嚙靈魂的

最佳特定藥劑

（寫於巴黎2002年七月　刊於《中外文學》第三十一卷，

　　　　　第九期，總369　中華民國九十二年二月）

透　視

尹玲……

有什麼能躲閃你的剔透雙眸

看穿近兩百年璀璨或不的陽光
　　七萬夜或有或無的月色
風仍是風
雲仍是雲
每樣最終都回歸自己來處
無人　無物
可以逗留在你深深的眼底

穩穩在花梨木台上
細緻的高浮雕花鳥靜托
你　仍晶瑩　近乎潔淨
一如最初的
你
挺立著　超人地不動著
鏡嚏　隔間嚏　隔屏嚏
所有的影還是一一映現
可愛的一個人
美極的某物

鳴清而綻放的百合

兩隻婉轉的夜鶯

或　　甚至

轟響聲中

倒下的人堆

萬物的飛散

玫瑰一般的血

滴淌在已成蠻荒的都城

請說

哪片臉頰可以親撫？

哪一隻手能夠觸摸？

一幕一幕實景的幻象

或是

一場場虛幻的真實

眼眸透視

（一九九八年七月九日《自由時報》副刊）

鏡中之花

尹玲……

我的確是實實在在地
踏著二十年前的足印
一級一級登上法國
巴黎五樓的住所公寓
看著自己從現在的憔悴
逐漸醒回當日的青春

但當日的青春
是否早已進入
他的歲月他的呼吸
他的國土他的太陽
化為他不雨世界中
罕見的珍珠淚滴

清晨從窗戶守著
鐵塔自夢中醒轉
夜晚守著鐵塔
一身盛裝赴宴
如同守著萬里之外的
他在我目前深深凝眸
如同那年夏天

墜入不醒的淵藪

我的確實實在在地
看見自己一步一步
從一九九九走向一九七九
最美的季節
看見他正從一九七九
邁入一九九九夏季的黃昏

巴黎是最璀璨的鏡
鐵塔是鏡中之花

（一九九九年九月《台灣詩學》季刊第二十八期）

離　鏡

你正站在這棟你不得已投宿的Hotel 一樓
（或亞洲的二樓）九號房間的小小窗台外
眼睛專注於前方歌劇院廣場更前方的 Chaillot 方向
看著璀璨的國慶煙火正絕頂地開向高空
絕頂地開在二十一世紀二〇〇二年七月十四日夜裡你的眼
前
也同時開在二十世紀一九八〇年七月十四日夜裡還年輕的
你眼前
　　　　　※　　　　　※　　　　　※
然而一九八〇年住在愛菲爾鐵塔附近名叫 Valadon 街道的
那一個你
可曾想像過二十二年後二〇〇二年的你
依舊無家可歸依舊浪跡天涯依舊飄泊孤寂
你站在 Bd des ltaliens 全市最熱鬧的街道
這棟不得已投宿的 Hotel 二樓小窗台外之上
向著腳下一街的喧嘩和鐵塔上空
正開出銀花火樹的最美亮光
等著亮光自高空燦爛過後跌入最深的黑暗
全部化作絕對離鏡的不存實景
　　　　　※　　　　　※　　　　　※
離鏡的實景再也無法自鮮明的鏡面

映現絕不存活的不實幻象

正像你不得已投宿在這棟似有實無的非家建築

等著明日此處飄流結束時再開啟另一次的無止虛無

飄流的真實面貌棒喝你所有的所謂實景

實際上全只不過是離鏡的從未存活之不實幻象

讓歲月凝視

尹玲……

我就坐在 Madeleine 教堂大門前的大理石階上
看著前方協和廣場高聳的標誌
國慶閱兵剛剛結束
（聽說有一個未遂的刺殺插播）
散去的表演族群與觀演群眾
正一夥一夥往許多不同的方向
追尋他們已定的結局或未知的新碼
　　　　　※　　　　　※　　　　　※
新至巴黎或覓舊的遊客一個接一個
手持白癡相機數位相機錄影機
一級連一級登上教堂石階朝聖
陰陰的天空下我就坐在前世
或更前幾世的故鄉或異邦
名叫 Madeleine 教堂的大門石階上
不知是被當成觀者或被觀者
仔細地看眼前一群群前世或前數世
我的親友或是完全陌生無關的人
正一個一個回歸或奔向迥然不同的宿命
　　　　　※　　　　　※　　　　　※
我依然讓笑掛在臉上牽向嘴角或
讓淚翻上眉睫淌入心底

做著命中注定要做的每一個動作
讓時光無言流入賽納河或更早的湄公河
再讓歲月凝視
上一世紀的我將花樣的青春
徒然植入
這一個世紀花樣已逝卻仍
孤寂飄泊的我

境　界

尹玲……

我一直都是如此在趕某一段路
此刻　窗外是負51度C的氣溫
一萬一千三百公尺的高空上
以一千二○公里的時速
與六十八公里時速的風競走
我看著原本明亮白日的晴空逐漸黑暗
整片微笑在白皚皚雪上的大地
慢慢睡去
某個小村莊的夜燈亮起
某個大海某個國家某個城市
一而再再而三不斷重複
有時是純粹乾淨地出現
有時襯著飄蕩的浮雲
總會一瞬間即陷入消失的境界

我一直都是如此在趕某一段路程
前兩天剛從亞洲往歐洲
現在則從歐洲奔亞洲
兩天後又自此洲赴另一洲
眼睛至心靈總在適應
所有於剎那間逸出別種風情的一切

正如我與你才剛在亞洲
昔日的故鄉西貢揮手道別
機場內的眼神仍在互相注視
今日的我卻在歐洲巴黎
凝視你已闔上永不再開的雙眸
無法追回數日前的閃耀光芒

剎那間逸出別種風情的一切
令人來不及享受甚至來不及訝異
只能無奈地呆睇著它
急急歸向是否終結的
某一種幻化裡

某一況域

尹玲……

在 Bad Schandau 站停下之前
從 Dresden 開往 Praha 的一輛火車上
以伴我流落宇宙的手機
直撥你的電話號碼

在那呈現多種文化歷史樣貌
無數水泥叢林不斷聳立之間
某一公寓的你　的確
與此刻正醉入無際悠綠森林
盤旋綿延澄碧小溪的
這一個我　真實的我
無緣

電話陷入無人接聽的空響狀態
你如何才能與時空相異的我融聚
就像四月末在那異國都市
我曾凝視你深邃的眸眼
靜看你微笑細聆你話言
自那一瞬
你宏亮的歌聲即已進駐
我宿命的漂泊心底深處

車行中我進入了 Suisse Saxonne 的
絕美境界
你卻離我深墜入我無力接觸的
某一況域

提　醒

再一次我又在由 Rouen
返回 Paris 的 TGV 上
數不清的村莊蜿蜒在
靜靜的賽納河邊
永遠無言地往後飛逝

你確定是返回 Paris 的火車嗎？
啊！不啊！
返回二字永遠是我生命裡
最奢望的一個動詞
我只不過是從一個城市飄至另一個
　　　　　從這個鄉鎮流至第二個
　　　　　從此洲的某個國家
　　　　　放逐至那洲的某個國家
　　　　　甚或無數個

賽納河還是靜靜地不時現身
不斷提醒你所處之地及漂泊行動
完全無視於空中的太陽或月亮
是否光明、暗淡、圓盈、荒寞

你是我留在 Palmyre 的永恆夕陽

春末的巴黎是一道說不清楚的謎
　　　　　是邂逅那無法解釋的原始之祕
你自不雨世界的盡頭冉冉升起
以我需要的眩人之光
繪塗我內心久已無色的隱密深處
照亮我前世今生雙眸最長的凝注

那年的夏於我是無可抹滅的憶痕
此生的花樣是那年華那純情
　　　　　那你才讀懂的眼神
伊斯坦堡流盪歐亞兩岸的渡輪
見證你我唯神可鑒的永固之心

走向亞洲是你不再轉向的路
迷惘黃昏下最美的大漠茫茫
你終成為天地之間
我留在 Palmyre 的永恆夕陽

尋　你

尹玲……

經過多少年的漂泊跋涉
我總是在熟悉或陌生的
　　　　故居或異地
尋你
尋找那時
在我花般歲月
即已遠離的你

而今
在這一彎玲瓏微漾的細緻曲水
　　眼前煙嵐縹緲的朦朧群山
　　還有雲霧迷濛的極目深處
　　這片夢幻原始的檜木林間
你啊！
你若有似無的倩影
終又重回我泛著淚光的晶瑩雙眸
與我再唱
當日相互許諾的
逝水年華

（二〇〇三年四月初於明池）

最細起伏

德國火車已自 Dresden 越過國界
進入捷克正往 Praha 駛去
已單獨在千種異鄉飄流不只萬次的
我
為何今日感覺如此孤寂難受？

我
是否正將三十三年前的
我
（就是我寄給你多幀照片中那位生長南國的如夢純真姑娘）
從這輛火車上坐著的
我
體內最隱密處
毫不留情挖掘出來完整的奉向
你
一如此刻我眼前寬闊的原野上
大片金黃的向日葵正努力向著
下午六點十分仍然壯麗的太陽
獻出她們的豐美心靈和嬌挺容顏

是否正因如此我才願意記下

此火車的起點和終點之名
願意記下
無論它急駛或蜿蜒時
在最綠幽林最清溪流面前
我
心底比世間任何狀況都顛簸的
所有最細起伏
以及久已未動的
全部最深之情

（寫於火車上 2002 年 7 月）

尹 玲……

超越千種語言之外

你是否也正凝睇我

數月來不斷審視我賽花的嬌柔歲月

能與我用六種以上不同的語言

流暢勝意隨性互訴

心底不欲外人知悉的深邃私密

在當日那麼久遠的年代裡

你曾是我唯一的唯一知己

不知道多少雨滴曾在傘外

竊聽傘內我們——只有我們兩人的蜜蜜私語

多少黃昏的夕陽餘暉

企圖窺視OPEL 6283 境內你我的個人天地

算計你傾入我雙眼無法停駐的意涵寬域

晚霞的繽紛映現的不止是你車身的嫩黃

還有我初開的黃毛丫頭懷春如玉

此刻　我依然看得見你　坐我眼前

正用微微顫抖的雙手

小心翼翼是過淺的形容詞

將當年日子和生命裡最美的鴿吞燕

將柔聲細語柔姿柔樣

烙印我柔蜜年華中最柔的美食盛景和美情記憶

　　如今在難以言喻的白裡
　　髮上髮下
　　你暱稱小乖的柔情腦袋和柔細心田內
　　能用六種以上不同的國家言語
　　與我恣意相互傾注赤裸滾燙的狂歌醉意
　　經過如許久遠的年代之後
　　在這嶄新的二十一世紀初
　　啊！　我仍要真誠地告訴你
　　你——就是我唯一的唯一知己

　　　　　　　　　（寫於巴黎元月）

企　圖

我就是這樣一個人孤伶伶地

在一個叫做 Malongo 的咖啡座前

點一杯杯他們列名單上

卻絕不在攤位出席的 café

我只好改喝一杯所謂的卡布奇諾

即半杯 Expresso 再加半杯鮮奶油

十分鐘後結帳 3.5 歐元內含稅 19.60%

一歐元等於 6.55957 二〇〇二以前的法國法郎

這杯咖啡相當於昔日的 22.96 舊幣

我從中終於看到二十一世紀的我

又在二十一世紀的第二年七月中旬

回到我於二十世紀住過的花都

回到二十三年來幾乎每年都向它報到的 Galeries

企圖調整我越來越孤寂的心靈

　　　裝飾我越來越單弱的身影

企圖在人來人往誰也不認得誰的絕頂鬧境

醫療我最無法面對的宿命飄零

（寫於二〇〇二年七月）

明如白玉

啊！女兒！第一次在異鄉遠離母親的女兒
你正在 Bretagne 一處名叫 Beg-Meil 的地方
母親卻在 Normandie 一個小小村落
連地圖上都找不到名字的空曠原野

一週來你每夜帶著淚水的呼喚
將媽媽的心紋得無比疼痛
女兒啊！媽媽如何能隔著
如此遙遠的空間
在與你通話的同時
將你摟入懷中？
你喚媽媽的每一聲
都緊揪住母親的思維
剩不下絲毫縫隙可以喘息

今夜的月明如白玉
在無雲的空中無邊的草原上
無言地照著母親床前的小窗
　　照亮母親不眠的雙眸
　　照痛母親的每一絲呼吸
卻無法將大西洋海邊的你

也照到母親等待的眼裡

〔寫於諾曼第Tremauville，2002年7月15日至22日，女兒單獨前往Beg-Meil吳德明（Yves Hervouet）師海邊別墅與其外孫女Agathe度假時〕

〔震來虩虩〕
學院詩人群年度詩集
2002~2003

別之前

尹玲……

找一天永恆去
讓記憶是不褪的記憶
縱令揮手　揮一個永訣

綠是水　綠是稻田
綠往後飛馳
迎迓天際的藍
我在你左你在我右
綠是你我不凋的情

一日　山中已一日
不必回首
那桃源　並列的足印
你的我的　我們欣然踏遍

只是你見不到
見不到暮色輕攏
見不到
我瞳眸內的億萬種悲
這吻　原是死別的吻
此行　我不卜問歸期

也是故事

只要跟你揮一揮手
這些情人欄
這些路燈
就一株一株倒退
傾身聆我細訴
喃喃的
你我的故事

誰記得是如何開始的
美麗的悲劇都沒有開端
你自是你
一隻被囚的貓
寂寞地守著寂寞
囚外　盡是無奈的誘惑

我依附流雲
偶然駐足囚的天窗
枉傾淚滴千行
終歸要離去
你該知道

〔震來虩虩〕
學院詩人群年度詩集
2002~2003

流雲不為任何憑藉而來

別問
別問明天的日子將會如何
動人的故事總懸起結果
你仍是你
我還是我
那時　你可以說
我曾在你生命裡
短暫地短暫地逗留過

尹玲……

古添洪

簡介

　　古添洪，1945年生，廣東鶴山人。美國加州大學（聖地牙哥校區）比較文學博士（1981）。現為台灣師範大學英語系所教授。曾為「笠詩社」成員（1968~1970）。1973~1976年間，活躍於「大地詩社」，為其核心成員。1996年，策劃《學院詩人群年度詩集》的出版，並擔任首屆召集人。2000年加入「海鷗」詩社，並擔任千禧年《海鷗》詩刊改組改版後首任主編。

　　早期的詩大抵是對人生意境的思索與追求。「大地」詩社時期，則嘗試以詭譎、生澀的筆端以切入台北／台灣生活側面，其結果則是一系列富社會文化性的詩篇。出國五年，創作可謂一片空白。重回台北生活空間後，主要仍沿社會文化的批評路向，但表達上比較多元化，詩中論說的身軀比較完整。《歸來》詩集以後幾年間的詩作，帶有廣義的「政治詩」的傾向，反映當時政治熱絡的氣氛。總的來說，其詩應可歸入「現代主義」的範疇，而自《學院詩人群年度詩集》籌組以來的詩作，則是在這「現代主義」的基礎上，加入了「後現代」的一些生活情境與理念，並從事詩的各種試驗，以開拓詩的疆域，如性別十四行、抒情記事本、V-8敘述、演出的詩篇等。總的來說，其詩以「意義性」為依歸，強調詩的前衛與實驗精神，而以社會關懷及文化層面為其專注所在；如以「純詩」與「濁詩」而言，其所展示的乃是「濁詩」的風格。

創作有詩集《剪裁》（巨人，1973）、散文集《域外的思維》（巨人，1973）、詩文集《晚霞的超越》（國家，1977）、詩集《背後的臉》（國家，1984）、詩集《歸來》（國家，1986）、網路詩集《忍將心事隨流水》（2002）以及學院詩人群年度詩集《（後）現代風景·台北》（1996）、《戲逐生命》（1997）、《詩的人間》（1998~99）、《切入千禧年》（1999-2000）、《千年之門》（2001）本人部份。學術著作則包括《比較文學的墾殖在台灣》（與陳慧樺合編；東大，1976）、《比較文學·現代詩》（國家，1976）、《記號詩學》（東大，1984）、《普爾斯》（東大，2001）等。

自傳見《世界華人文化名人傳略》文學卷（香港：中華文化，1992）。

近 況

這幾年來，可說是我詩創作的再出發。這再出發是在「現代主義」的基礎上，加入了「後現代」的一些生活情境與理念，並從事詩的各種前衛試驗，以開拓詩的疆域，如性別思考、散文詩、鏡頭敘述、演出的詩篇等。希望我詩中一向秉持的社會關懷及文化層面不至於因此消減啊！

在學術上，最近還研究佛洛伊德（Freud）和拉岡（Lacan）的精神分析理論，希望從其中理出其記號學模式，並從事夢的研究，看能否另建構出與佛洛伊德等相反的積極的人類主體。成果嘛，尚在未定之天。

個人網頁：http://sun54ku.myweb.hinet.net，歡迎指教。

相思豆與夏日搖頭丸

—— 寫給妳自己演出的詩篇

妳閒坐
請想像相思豆
像一顆搖頭丸
從一本塵封的詩集摺角
滑下來

妳現在走在台北街道
讓炙熱讓塵埃污染那些
黏在妳少女或少婦裙裾上的
古典與浪漫與傷感
妳嘲笑自己
（連坐及邀妳自導自演的詩人）
說，一定要說出來
「我現在穿的是休閒褲啊！」

如真如幻
妳一股兒逕走進
妳熟悉的電視新聞
一眼框住螢光幕上的 pub 畫面

雷射與身體的狂飆

妳搖頭兩下

卻感到像秋天裡單薄的紅葉

給周遭的暴風亂攪亂捲

彷彿所有衣服（掩飾）給剝落

妳趕快跑出來

妳回頭看

如山如海的頭

在藥與反壓抑裡

在光線的狂亂切割裡

搖啊搖

妳幸運自己

活／躲在社會現實的邊緣

（2002/7/25）

柳公圳的記憶
——寫給妳演出的詩篇

妳實際或者想像站在磚道上背負清真寺
妳前衛地把面前有視覺嗅覺感的新生南路
轉換成電漿大銀幕媒體誇張的停格立體景色
然後再反藝術地眨一下睫毛滑鼠把它唾棄

妳看到自己騎著一匹鐵馬
清湯掛面黃卡其摺裙
沿著柳葉垂蔭的水圳
輪齒卡啦卡勒
顏色越淡越淡消失在拉長的校園圍牆的視線

妳一失手
滑鼠把兩個歷史畫面覆疊在一起
好險——眼睛發亮
妳的鐵馬竟鑲嵌在
正在怒氣狂奔的大卡車與計程車陣中
兩隻腿休休閒閒地旋踏著踏版

附註：更深遠的歷史畫面突然像VCD銀幕般向四周打開，妳腳下公館一
帶是綠油油的稻田，阡陌縱橫；於是，妳聽任妳的耳朵，沿著公渠潺潺

的流水聲上溯，居然一直到浩瀚的新店溪。妳也許會遇到一個帶著漳州
古音的鄉下人，有點工程師的模樣，妳猜一定就是妳所尋覓的伊人郭錫
瑠，而時為1740年乾隆五年。

(2002/11/27)

生命料理

古添洪 ‧‧‧‧‧‧‧

親自動手
窗明几淨

親自動手
素心素口盤飧

我聽到科技背後
許多壓抑的原料
許多賤價的周邊勞力
家務清潔工
援助交際與失業

我願意料理
一份不怎麼成材的生命

評曰：詩人優游於水嬉之中，忘記「接近」二字的實境。

(2003/2/16)

家的異體

——寫給妳自己演出的詩篇

妳抖落文明
幻化為山野的女人
想像一隻小豬闖進
妳長滿野薑花的巖簷下

妳此刻在電腦桌前
甚麼鏽金真字體的
妳把屋簷下的小篆
不小心誤讀為井
於是妳用七零八落的木桶
來量度井的深度與寒度

妳自忖
井不免有圍起來的井欄
妳看看裙子的繡花邊
那不是成了阱？真糟糕！
妳不免聯想到曾經與家人
共享共闖的玉蜀黍或稻迷宮
總是看不清方向

或者隨便溜溜就眼前豁然開朗
見到了門？

妳抬望眼
許多高聳的大廈與公寓
窗格子
燈光明亮

古添洪⋯⋯

(2003/6/7)

過 客

流痕嗎？
妳問

妳夢見
人們打著傘
許多蝸牛以軟觸覺挑起　塌
水流如鏡的平面
放著流動的篷

客人好
妳聽到
每個人
說著類似的聲音
消失在人生的霧靄裡

水過無痕
竹篙的漂浮
火箭發射台的殘餘
月色裡
微微亮著

某人
在蠟燈下
書寫傷寒論
而 SARS
妳是說非典型的 SARS
隱藏在心靈的
暗角

妳問
就這樣帶著菌消逝嗎？

(2003/6/24)

太極拳講義

——寫給自己運動的詩篇，
但你也可以試試看

隨便擺個
寫意的姿態

愛嘛
把它浮貼或拼貼在
左支右絀的人物醜態上
品賞其美學效應如何

秘訣在鬆
試著讓每一個細胞
感受地心引力往下拉的感覺
輕靈又沉甸的感覺

有點像外太空
或者異鄉
對地球對原鄉
淡淡卻無所不在的
思念

融入儒

中正

支撐八方

你現在腳跟微動

動作一起

就日躍

生生不息

自觀循環往復

隱約的身影

你解釋

修身

與目下政客人物的變變變

有所區隔

融入佛

不辨樹影陽光我身的實境

即使用意

應如如如不動的涅槃

隨起隨滅中

永存慈悲

念

講義曰

面壁十年圖破壁

此真佛也

虛靈頂勁
不必勉強氣沈丹田
四維上下虛空不可思量
頭顱向下沈
氣著地復歸
然後徐徐充盈而上

類似連綿字的感覺
綿綿思遠道
徘徊不忍去
宿夕夢見之
近親的聲音互相呼喚
把人帶向遙遠
卻仍在象內言內
通體的延伸
氾愛眾的境界

收勢時
雙手把晨曦與黃昏合攏
為一圓融的太極

(2004/1/4)

天 9.11 垂象

兩個長方形霓虹獸籠

領帶與洋裙

折成紙巾

西裝筆挺

頹然向下陷

蹋下

下

下

下

我用雙翅

鼓起內心的憐憫

斷頭橫臂的架子

一塊烤羊排

美麗的清白身軀

複製割裂重組再現

在夢的視覺裡翻滾拼貼

那是子夜

一隻玩具飛機

17 角度插在傾斜玩具箱

081

是魔鬼還是壯士？

不！魔鬼在政治的陰影裡

（2004/1/24 寫於達利畫讀後）

伊拉克幻想圖

古添洪……

我讓瘋牛症
發難在畫的中央
那是英倫
獸骨陣陣痙攣
複製到展開的西北西
地面是印地安和平的黃土皺壁

一個清教徒啣著煙斗
錯置在華盛頓

直線拋物線
彩色的多角形空框架
交纏在潛意識的藝術空間
滑鼠指令
它們作瘋狂的
幾何遊戲
計算科技
計算死亡

依照畫原理
但只找到兩三個點塊

象徵吶喊的嘍囉
同樣依照畫原理
有一些骷顱骨在周邊遊蕩

空白
一個待尋找的藉口

(2004/1/24 寫於達利畫讀後)

彩繪商周洪荒的夢

——神州五號載人升天著陸成功

聖嬰
浮沈在蛋殼內膜的寧靜海
變形蟲的生命
想飛

想飛
桂花飄香
斧砍了萬年的斧仍然砍著
斧停住在民族的記憶裡
東方名士的生活
樹下吟詩
喝酒嗑藥脫衣
碧海青天夜夜深
嫦娥
為我一揮手

一揮手
沖天炮彎壓成我的青衿
火箭筒挖空像空白的眼孔

我是一副骷髏

支撐著百年來的屈辱

此刻心平如怨婦梳妝的鏡子

鏡子盈盈秋水

精準得一滴也不准滴落

無形的駕駛盤

圓融如太極

雄風支撐八面

我把雙袖伸出艙外

一對侏羅紀的夢蝴蝶

清流激動天籟

以舞姿和唱一段崑曲

歌詞卻很白話

太空的景色美嗎

美嗎

這熟悉甜美的女音

顫動起我存在的驚慌

此刻我看到久已遺失的東西

多少人為它喪命的首部武林密笈

火藥這美麗的寶盒

羅盤這運轉不息的天儀

指南針這此愛不渝的金釵

就像閃爍的三星

在艙外悠然運轉

我知道我一直為祖先們所庇護

我很安全

軌道是兩道細微的風箏線

或者像少女春日舞動的一抹刺繡

時差

就像東西或貧富的差距

或者愛的創傷

有待彌補

彈越下軌道時

我聽到地層下甲骨槌撞鐘鼎發聲鏗鏗

我看到陽光月色星爍同時一片橘紅燦爛

（2004/1/24 寫於達利畫讀後）

加州詩草之一

——隨想與人物素描

（稿於 1976 年 9 月～1981 年 7 月留學期間；今從舊日記事本中
謄出，整理譯寫為中文，綴拾昔日的一鱗半爪，聊作創作生涯
的補白。2003 年 11 月 4 日記）

·隨想（5 首）

No.1 給校園裡的尤加利

午餐後一片寂靜
我驀然領悟
你們為什麼這樣高瘦
刀面葉披頭枝條不羈

甘地的樹
嬉皮的心

No.2 我植物性的感情

我站在樹叢裡
他們的名字我不知道

英文不是我的母語
枝與葉
姿式與氣之流
代而我用最自然的語言

累於本質
樹是孤獨的
累於可愛
樹是不可觸及的

我綠色的感情
如種子與花與果實
在我植物的身軀
流變著生息循環

No.3 我心吸納海洋

我心吸納面前的海洋
水的湛藍與浪花的雪白
湧起憂鬱的絲綢與荒棄的枕頭
我離開了家園在藍空的另一邊

我沉思性、愛、與某些臉孔
海鷗們滑翔在冰滑的波面
沒給我低垂的頭以答覆

卻掀起呱呱呱呱音的狂飆

何謂雄圖壯志？不免凋謝的花朵！
我不敢問「嗟爾遠道之人胡為乎來哉？」
夕陽展示著生命之謎的啟示錄
而我卻失其故步正憂鬱在異國

No.4 柔柔的草茵上我躺臥

綠，顏色
山或房舍的輪郭浮現
形式，流動，成形為
直覺，畫面
於我睫毛前

柔柔的草茵上我躺臥

美，真，善
融為樹，覆我
如傘，或者融為眾樹
彎我視覺為半弧，或者融為
我自己，寧靜的存在，如
眾草之身
剛巧存在這裡

生命的節奏
表現於
樹木、河流、山嶽
男人、女人、動物
如竹筍
出現又出現
成長中變易中

何處是我身？
我躺臥在柔柔的草茵上

No.5 舊城的墨西哥藝術

——那人告訴我墨西哥原居民原是中國人的後裔。
　　他不會知道，當我在舊城注視一墨西哥木雕人
　　像，他的話竟像電閃般照亮我的眼睛。我感到
　　一種兄弟的感覺。

拙的自然
內的意象

眼皮低垂
嘴閉合
壓迫下的產品

生命，我設想，應如

草原的營火
舞之姿
歌之聲
怒放於宇宙之黑暗與寂靜中

然而你生命的營火
在西班牙的刺刀、槍
與殖民的窮困下　在哪裡？

對你，我有親屬感
堂兄弟
我站在這裡
不快樂一如你
我想到
中國的意象
鴉片戰爭以來
中國
會成為
憂鬱的藝術家
製造
雕塑品憔悴如你
若沒有流血、抗議的手臂
以及憤怒的群眾的臉

（我厭惡微笑的臉孔）

Miguel Hidalgo，革命之父
你的頭顱在哪裡？
高懸在西班牙的天空
還是依舊在地窖裡滾動？
看，看，你的孩子們
跨越「邊界」
兩塊錢一個鐘頭
麵包與流汗
我不是非法外國居民

甚麼是生命？
那是現在沒有以後
來這裡，來這裡
這兒你不會看到
窮困
有的是轎車與購物中心
來這裡，來這裡
這兒你不會看到
窮困
有的是牛奶與蜂蜜

（我厭惡微笑的臉孔）

·人物素描（3 首）

No.1 給彈簧網上的 Kris，我的學生

我想像妳孩提時一定頑皮
踢妳爸的背
抓妳媽的臉
或者像一枚金幣
滾過來滾過去
在繡花的大彈簧床

妳現在彈跳
直如鐘乳石柱
妳現在翻筋斗
滾動完美的圓

青春的麋鹿
淡濛的綠野
在妳眼簾下
新鮮
好奇
在
春天

喔，不
妳
甚至
不敢
雷池
跨越
這尺算中等的彈簧
（非常體育館的）
網！

註：英文的春天（Spring）也有彈簧的意思。

Feb, 9, 1980

No.2 給戀幻中的 Karen ，義裔的學生

妳的髮
金的瀑布
滿掬的陽光
我想逃避、逃避自己
在妳美麗的豐盈裡
我底憂鬱與感傷
我底孤獨
將燃燒、轉化為
蝴蝶
透亮

在妳的愛的火焰裡
這火焰
我知道
永遠不屬於我

而妳將被浪費
沒有詩人的眼睛
去欣賞
而妳知道（也許妳不知道）
美國人喜歡浪費
而無詩

喔，無詩！
化學、物理
生物學、實驗室
商業，友誼的
笑容　然後妳消失在
物質主義　以及膚淺的
幸福

妳底義大利的臉孔看來
帶上了整個古羅馬
的榮耀以及
二十世紀的激情
我曾一度如此想

NO.3 給Iris, 我真摯的朋友與學生

Iris　花朵
Iris　眼珠
變幻的形式
神秘的美

妳揶揄我安慰我
說妳的眼睛能看到
幽微的世界
妳看著我
妳的眼珠駭驚我
以其莫名的蔚藍

一回妳把我頭
按進游泳池的水裡
說奮勇教我游泳
並非有意尷尬我

妳把我的憂鬱拿走
以開玩笑的口吻說
妳的父親是一個好人
而他沒有朋友

〔作品發表繫年附記〕

〈相思豆與夏日搖頭丸〉發表於《聯合報》〈聯合副刊〉，
2002.11.18；〈柳公圳的記憶〉發表於《海鷗》28 期，
2002 秋冬雙季號；〈生命料理〉發表於《海鷗》29 期，
2003 春夏雙季號；〈家的異體〉發表於《聯合報》〈聯合
副刊〉，2003.11.9；〈過客〉發表於《海鷗》30 期，
2004 年 3 月；〈太極拳講義〉發表於《聯合報》〈聯合副
刊〉，2004.5.26；〈天 9.11 垂象〉及〈伊拉克幻想圖〉將
發表於《海鷗》31 期，2004 年；〈采繪商周洪荒的夢〉
及〈加州詩草之一：隨想與人物素描〉，首次發表。

簡政珍

簡　介

簡政珍，台灣省台北縣人，一九五〇年生。美國奧斯汀德州大學英美比較文學博士。曾任中興大學外文系專任教授、系主任，《創世紀詩刊》主編。現任逢甲大學外文系專任教授。著有詩集《季節過後》，《紙上風雲》，《爆竹翻臉》，《歷史的騷味》，《浮生紀事》，《詩國光影》(大陸廣州)，《意象風景》，《失樂園》；詩文論集《空隙中的讀者》(英文)，《語言與文學空間》，《詩的瞬間狂喜》，《詩心與詩學》，《放逐詩學》，《電影閱讀美學》，《音樂的美學風景》，《台灣現代詩美學》，主編《當代台灣文學評論大系文學理論卷》，和林燿德共同主編《新世代詩人大系》，和瘂弦共同主編《創世紀四十周年紀念評論卷》。

曾獲中國文藝學會新詩創作獎，創世紀詩刊三十五周年詩獎，美國的大學博士論文獎，行政院新聞局金鼎獎等。目前研究其作品的評文有百餘篇，碩士論文兩篇，正在撰寫的碩士論文四篇。

近　況

簡政珍於 2004 年 1 月 31 日從國立中興大學退休。現在轉任逢甲大學外文系專任教授。從公立到私立感受到道地的一國兩制。過去一年是出版的豐收年。個人第九本詩集《失樂園》2003 年 5 月由九歌出版，《放逐詩學》2003 年 11 月由聯合文

學出版。兩本書《文訊》雜誌都有專文評論。2004 年 3 月則有《音樂的美學風景》問世，由揚智文化出版。另外國科會的研究計畫《台灣現代詩美學》也已經在 7 月初由揚智出版發行。除外，這一年完成了兩首長詩。一首〈流水的歷史是雲的責任〉計 184 行，已在創世紀雜誌以「當代中堅詩人新作展」發表，另一首六百餘行的〈放逐與口水的年代〉也將在今年秋季創世紀詩雜誌「創刊五十年」紀念號上刊登。

記憶裡佈滿血絲的雙眼

簡政珍……

樹木迴旋的角度
猶如曠野對浮雲遠去的張望
也是濕氣凝結後
你我的驚心

太平洋遠方的氣流
穿透路邊丟棄的罐頭叮咚作響，集結
童年的殘夢，翻動
屋頂黝黑的鐵皮浪板
屋子隨風搖擺
漸漸向不安的年代靠攏

暗藏血光的風姿
在分秒的間隙裡
折疊了父親聲勢驚人的咳嗽
颱風過後
母親在微曦中
以佈滿血絲的雙眼
眺望窗外姍姍來遲的
豪雨

（《中國時報》人間副刊2003 年11 月17 日）

SARS 的呼喚

為了回應斑鳩的呼喚
我在晨光乍現之際，以禪坐
尋找心靈的水聲

我從湖邊來
風景要以脣齒偎依的姿容
決定季節的角色
我在灰矇的炊煙裡
看到葷食薰染的花草
我看到自己過去錯落的腳印
在心裡的泥濘裡蔓延

當水流失去了源頭
當心湖注滿了漂白水的漣漪
睜眼凝視你的
是陽光下周遭詭異的微塵
我必須起坐，去迎接
岸邊SARS殷勤的呼喚

（《自由時報》副刊2003年5月17日）

因　緣

簡政珍

一隻貓
在翻越圍牆時看到天空的彩虹
牠傾聽微風的呼喚
之後，牠就失足掉入灰濛的天色

一個蒼白的少女
在螢幕上說完斷斷續續的一句話：
「即使到天堂，我也會想家」
之後，她留下一個微笑給她的床，給她的
鋼琴，給在窗外等候的朝陽

一隻老虎在叢林裡
凝視自己孤單的影子
獵人的槍聲引來雷鳴
「下半生只能吃素了」，牠想
這時牠看到雨中一隻跛足的
小貓

（《自由時報》2003 年 12 月 8 日）

螢光幕上的雅虎誕生了嗎?

拿起筆的時候
成熟的公雞
在花園預警即將延誤的秋涼
曠野中的音符
迴響著一景一景的血光

要寫的文字在筆尖凝結
頑固的暑氣在窗的縫隙裡和呆滯的蚊子對話
腳上癢癢的紅色斑點是一段失眠的記錄
記憶也是癢癢的

心事也是癢癢的
布希和海珊在哪一個殘破的洞窟裡
咀嚼霜雪?
當年被偷拍裸照的女子換了幾面鏡子?
那一隻躺在垃圾桶旁邊的黑貓
投胎了沒有?
那一隻螢光幕上的雅虎
誕生了嗎?

(2003 年 9 月 21 日定稿,

《聯合報》副刊 2003 年 10 月 28 日)

能說什麼？

夾在眾聲交響的企圖心中
我們能說什麼？
開始可能是一種結束
陽光從樹葉逼出涓涓的水滴
金光閃耀的葉片不堪負荷
瞬間就開始墜落
屋簷上的麻雀
送走展翅的幼鳥後
騰空窩巢，準備即來的雨季
面對清晨，時鐘的腳步顯得凝重
奔馳的車輛
為著忙碌的心事
製造一些醒目的事件
活在事件的間隙中的我們
能說什麼？

而暮色是一段欲言又止的言語
道路扭曲如空中漂浮的微塵
飆車者，在反光鏡裡
看不到其他的車子後，
騰出一片空曠的視野

迎著羞澀的夕陽
對著鏡子擠痘兩分鐘

所謂情詩（一）

午茶之後

拿起杯子
杯底昨天的茶漬
還在回味去年反常的冬天
發現杯角有一個意外的缺口
我想到妳銳利的口齒

去年林木中擺盪的吊床
也因為妳而斷了線索
我們在暈眩中
感受藍天白雲的危機
還未翻紅的樹葉
匆匆掉落
急著送走妳的身影

而今年的新春
妳仍在山水中描繪人事風景
在清冷的山泉中
為我們刺痛的足踝佈局後
妳以昏黃的天色

催促身陷車陣的救護車

來急救我心裡的創傷

四點鐘的約會

四點鐘的時候

妳將撥弄這一條街道的風沙

妳將加速交通號誌的閃爍

妳將抖落

我們心中累積的微塵

四點鐘的時候

妳將帶著遮蔽時間的面具

讓我看不到快速移動的日影

讓我逐漸老花的視野裡

看到妳春光乍現的

幾根白髮

追隨妳的影子

分明不是高樓建築

為何妳的身軀拖這麼長的影子？

是那一個圍牆的白色線條

試圖容納虛虛實實的心境

還是牆角的缺口

總有話說？

雖說妳曾經將自己
比喻成那競選傳單上褪色的臉龐
妳的風姿仍然在街頭巷尾搖擺
沒有黑痣作為表情的標點
妳翻轉手腕
有如一面色彩繽紛的旗幟

而我追隨妳的影子
猶如汽車的輪子填滿馬路上的坑洞
昨日妳的行徑
已在預警一個意外事件
當我在病床上撫摸紫青的傷痕
妳已經把故事寫進
提早到來的晨光

化身

・之一

四月不是殘忍的季節
去年流行感冒的病毒
已經甦醒，夾雜雨絲
給春天留下一點濕意，滋潤
心田裡躲躲藏藏的種子

種子發芽時

打開心窗，迎接
鏡子裡灼熱的眼神
是否要讓
病菌為情感加溫？
不，我還是在這杯水的倒影中
品嚐妳清涼的化身

‧之二
假如妳化身成為一個杯子
我將以妳曼妙的輪廓
面對這乾旱的時節
我將以胸中蕩漾的水聲
填滿妳的虛空

假如妳以化身
潤濕我教室裡的回音
我的書寫將沾染水漬
我在黑板塗寫的文字
將有雙重影像
一個在窗外觀照
微風忽隱忽現的面容
一個在雲端
追尋妳笑看歲月的本尊

所謂情詩（二）

向妳招手

假如妳是浮雲
妳要在哪一個天邊停靠？
注意風善變的脾氣
也許妳永遠找不到歸宿
雖然已接近黃昏

我是爬上幾千公尺高山的樹
為了向妳招手
我的守候
使天色蒼茫、野草動容
當妳匆匆地趕路
妳是否往下瞥一眼，看到
我揮動的手臂已蒼白？

假如妳錯失了心靈的驛站
我要如何在天空
鋪設一條鐵道讓妳不要出軌？

天地有如潑墨

總是到了血液幾近凝結時刻
才想仔細聆聽對方脈搏
秋霜應時而下
我們窗前的守候
禁不住遠方候鳥的啼聲
讓我們書寫心情

天地有如潑墨
這是妳打翻心靈的山水
有幾顆雜草
這是妳心中儲存的野花？
雪白的冰霜
是妳情感累積的熱度？
撩撥黑色的水面
裡面隱藏妳的心湖？
水面的漣漪
原來是妳的皺紋

沉澱的心事

假如我們把時光的殘渣
化成湖光山色
我們能看清鐘錶真正的面目嗎？

假如我們把往日的風暴沉澱
我會變成妳心湖裡的倒影嗎？
微風所訴說的季節
都在天地之外
山色也無法改變妳都市裡的容顏

當妳告別工廠的黑煙
妳抽屜的重鎖
已經無法封閉斑剝的往事
以及遠方斑爛的水聲
但，妳是否要在水底摒住呼吸
唯恐驚動這千古的涼意？

洶湧的往事

為何妳不是平靜藍色的海
而是水花似濺的浪？
假如我是海上的岩石
我能經得起妳日夜不息的摧打？

是否我的存在阻礙了
妳前進陸地的企圖？
妳是否也想淹沒水平線上的落日？
妳是否在心底聽到
我們往事洶湧的迴響？

為何妳總要使顏色成泡沫
是為了迷航的水鳥
還是落寞的漁夫？
還是妳怕攬鏡自照？

潮濕的往事

我們在幽黑的洞口探望
那一端明亮的開口是泛白的過去
我們不是彼此的夢魘
但是我們的笑容總被時間漂白
因為我們聽到急瀉的水聲

我們應該循著長黑的隧道
走入潮濕的過去
讓水流過眉宇，流過我們的脊樑
讓我們濕淋淋的往事
成為驚濤駭浪的底流
讓我們已經沉寂的心湖
再度洶湧濤聲
提醒我們
走過的日子還沒有
散出霉味

潛意識的風景

夏季裡，妳的言語如蟬聲
「知了知了」是不知了
直到大地回收所有的溫度
妳才感知心中洶湧的熱流
和已經浪費的節氣

前進到了極限
才知道回首顧盼
當流水在做黑白的爭辯
冰寒的大地才看到挺立的身影
當妳還在守望這個殘存的季節
眼簾的開合
已經暴顯了
潛意識的風景──
那是不曾「知了」的蟬聲

明暗交替的日子

我們走過的山川
猶如吞吞吐吐的往日
層層疊疊的時光
就是我們明暗交替的豐收
汗水澆灌的

必須面臨突來的風雨
但總有光影滋養我們的幼苗
我們一度為欠收
而遁入情緒的暗巷
但我們在稻殼的飛揚中
細數陽光

但不免要問
我們如何使翠綠的青山
轉變成我們的心田？
種植意味大火的燃燒與灰燼
我們是否就是傳說中
火浴的鳳凰？

浮生紀事

面對大樓，我找不到觀賞的角度
面對自己，我找不到鏡子
面對妳，我瘖啞無聲

面對山水，生活變成一片潑墨
往事乘著時間的小舟在沙洲上擱淺
白花花的波痕淹蓋了城市的過節
千里外的喧囂終究是
無聲的呢喃

我們要如何以意圖不明的流水
探尋心靈滴答的水聲
水中浮沉的是猶豫的心事
當妳隨波逐流而去
請留下一些似有似無的倒影

暗渡陳倉

白雪無法覆蓋所有的秘密
妳平靜的臉龐
有潛藏的鴻溝
不是歲月的皺紋
而是冬季的軌轍
暗地通往春心

小草偽裝枯黃，原來
暗地在傳遞風的消息
地面傾斜，原來
暗藏輕微的足跡
路徑迂迴，原來
已在展望另一個季節

當妳的心情不再為日記表白
我在千山之外的融雪裡
感知妳暗渡陳倉的心意

附註：以上「所謂情詩（一）」刊於《中外文學》2002 年 2 月號、「所謂
情詩（二）」刊於《中外文學》2003 年 4 月號。

白　靈

簡　介

　　白靈，本名莊祖煌，原籍福建惠安，生於台北萬華，現任台北科技大學副教授。擔任過《草根詩刊》主編、《中華現代文學大系·貳》詩卷主編，並創辦「詩的聲光」，近年與詩友合組「台灣詩學季刊社」，擔任過五年的主編。

　　作品曾獲中國時報敘事詩首獎、梁實秋文學獎散文首獎，中央日報百萬徵文獎，中華文學獎，創世紀詩創作獎、中山文藝獎、國家文藝獎等十餘項。出版有詩集《後裔》（一九七九年）、《大黃河》（一九八六年）、《沒有一朵雲需要國界》（一九九三年）、《妖怪的本事》（一九九七年）、《白靈·世紀詩選》（二〇〇〇）、《白靈短詩選》（二〇〇二），散文集《給夢一把梯子》（五四），《白靈散文集》（河童），詩論集《一首詩的誕生》（九歌）、《煙火與噴泉》（三民），《一首詩的誘惑》（河童）等，編有《八十四年詩選》、《可愛小詩選》、《新詩二十家》、《新詩讀本》等。有個人網站「白靈文學船」、「象天堂」、「詩的聲光」、「意象工坊」（網址 http://www.cc.ntut.edu.tw/~thchuang ）。

近　況

　　2003 年上半年主要是完成了《九十一詩選》(2002)及《中華現代文學大系（二）詩卷》（1989-2003）兩冊的主編工作。

下半年則是參與了九月的台北國際詩歌節小量的策劃工作。十一月去了一趟日本。小筆記記了七八冊，詩作繼續。出版了童詩集《臺北正在飛》，已將網頁「詩的聲光」(www.ntut.edu.tw/~thchuang)持續擴充至近四十個節目，並擬擴大閱覽的尺寸及畫質。

金門系列（詩五首）

1. 毋望在莒
——金門太武山所見

眼前料羅灣
再也不見眾男兒挺槍
前進
當年撩進海峽濡濕的褲管
自從晾在哪家女孩的窗口後
就忘了回收
有些匍匐上了岸
不曾開一槍
就爬進了
忠烈祠

因此都不如前面那山頭
挺得高高的兩乳雷達
傲峙峰頂
引得五色鳥生機勃勃
叫得滿天響
只有他老人家的字跡仍沙啞地

鐫在山壁
塗紅了前來憑弔的
老兵的眼睛
喉頭間跟著一字字滾動：
「無望再舉」

2. 金門鋼刀

飛出炮膛幾十年
方被捶扁的一頁
歷史
進了我家廚櫃後
才想起什麼叫飛翔
切、斬
砍、劈
蔬果、雞魚、和豬牛
飛下旋即飛起
不再墜地
又自如呼嘯的一支
鋼翅

仍然嗜血
舔傷我的食指其輕易如舔紅
一滴金
門

3. 誰來撈起金門

任何人伸手
很難不被牠刺傷指尖的

一隻刺蝟
好脹的生氣

無法潛艇似沉入歷史
無法撈上岸，賜它熱鬧

以回憶填滿炸藥
卻被時間浸爛引信的

一枚
水　雷

4. 昨日之肉
——金門翟山隧道

所謂突破總在轟隆隆的
爆炸之後
能量不虞沒有空洞

再堅硬的山體
或肉體
都需要敲擊
挖出一大筆一大筆自己的肉
虛心地向死學習

堅實的空才藏得住
一整師的黑暗部隊
毀天滅地
向人性倒出
眼前是幾十萬公頃的海
任你染紅

但人生無非如此如此
心中不斷沙盤推演
一直耗到師老兵死
最後是
說過的話
都暗暗吞回口中
卻遍尋不著昔日的舌頭

而你
花崗岩做的昨日之肉啊
自己說吧
意欲如何回填

5. 論金門是一隻大刺蝟

風獅爺拔下身上一叢毛，呼地一吹，隨手就灑在高
粱田滾動的陽光裡，滾出一地避雷針似的反空降樁
，幾萬根，金門因此脹成好大一隻刺蝟。

大戰後某日，飛來一枚不知番號的砲彈，不偏不倚
，插中刺蝟的本尊──村前為首那風師爺的頭頂，
卻沒有爆炸，還顫了顫彈尾，抖了抖古銅色的砲彈
殼，抖出銳眼金睛，一隻，灰面鵟鷹。

之後候鳥季就坐著巨大的羽翼，飛臨金門。並收腳
，踏在每一根避雷針上，表演金雞獨立，像踩住穴
道，對著這片土地針灸。

金門刺蝟的身軀這才電著了一絲絲麻酥般的快慰。

都蘭山禮讚（五首）
―――― 都蘭山位於臺東市郊，
原住民之聖山也；其正前方即綠島。

1. 都蘭山麓上洗手間

黑瓦小宮殿式的廁所神氣地

佔領

都蘭山之肩膀

脫了鞋必恭必敬

才能上

踮起腳尖我面壁

屏息

絕不讓一滴尿

射出白瓷漏斗外

譬如都蘭山的臉上

水流扭開，方知

抓緊的四肢不知在堅持什麼

放鬆始能品味

所謂顫抖所謂舒適

任何一滴皆屬於身體

皆不宜名之

諸如排泄物等等
當它進入龐偉的
山的軀體內
滾動
轉折
最後在山腳下勢必
放出一股清泉

如此虔敬，面對著
都蘭山小便
甘心尾隨卑卑微微的
一滴尿
進入百轉
千迴
從此撫摸
萬億噸石頭

2. 獨木舟上回頭看都蘭山

獨木舟是一隻
會游泳的眼睛
划下水
如一片捲曲的
上等茶葉之划入茶壺
浸香了整座海
它濺得最高的那朵浪

白靈……

花

就開在
獨木舟的尖尾上
像整座太平洋隱忍
在你眼尾的淚
以千億剎那之珠
綻開無形的水分子
以一瞬之花
之透明
收攏
你眼中唯一的
都蘭山

獨木舟載著都蘭山
衝撞大海

3.胖嘟嘟的都蘭山

得同時打開億萬朵
光之花
才打得開的
太平洋
蘭魯娜
但他們都不如妳眼中
那兩池汪洋

妳伸手掀開
早晨那層薄霧
如掀開微薄、卑瑣的我
囁嚅、匍匐，攤翻在一旁
薄薄如一席
陰冷的未被坐過的蒲團
陽光前來燙平
這時我則是妳家屋頂
等待曬乾的
一尾飛魚

卻羨慕攤在
妳高鼻子兩邊
在笑聲中跳躍的那一對！
蘭魯娜，我只好祈求
胖嘟嘟的都蘭山
快快坐在我心頭
壓住我雀躍又卑微的心跳
妳的祖靈們會不會也盤腿坐下
聊天間只睨見
眼前才打開的
小小的綠島
是一支剛剛點燃正緩緩釋
放能量的

煙斗

4. 知本河堤散步所見

那隻燕子
把整座天空飛翔的意思
都夾在
牠小小的剪尾裡

歪斜而來
貼著地面
直衝目標
顯然是我的鼠蹊

在我閃躲之前
削掉我的鼻尖
之前
又歪斜去了

當天空緊抓著牠爬升至
都蘭山的高度時
牠回身抖了抖雙翅
像浪花想抖掉浪尖

抖落的那一朵
莫非是

〔震來虩虩〕
學院詩人群年度詩集
2002~2003

我的
微笑

5. 都蘭山的腳指頭
——致東師林永發教授

清早的海邊，一排大風扇
轉動的，是你家的椰子樹

旭日托起
著火的綠島，喊燙

你捧過來，吹成
半涼的一枚

古印，不偏不倚
拍的一響蓋在一張

剛畫好的都蘭山
那老酋長的腳指頭上

隱約聽見他附耳對我說
「好癢！」

金指頭

心頭上那堵牆，幾十年，遮擋了一切。我想拆，我不想拆。
問題是，敲、捶、挖、鑽，竟都沒有工具動得了它。

有金指頭的那人來了，才在牆上點了一下，那堵牆就自動
開了個小窗。帶著金指頭，那人朝窗裡這麼著就飛了進
去，她裙裾飄動的影子在地上，飛出一片魔幻之影

楞頭楞腦，我竟也飛成一隻小白蝶，穿牆入窗跟隨而去
貼著地形，我在她魔幻飛行的影子裡舞動，卻看不見那
指揮的金指頭……

不枯之井

城市傾燬，最後守城的那名士兵不肯
投降，臥死一角，正被禿鷲啄食，旗
偃，鼓熄，僅掠城者的腳印排隊出城

大雨來臨，夾雜那名士兵衝殺的回聲
一滴一滴，滴入枯死多年之井。夜晚
滿月臨井自照，終歲殘破之臉終得完
滿的結局

荒煙蔓草淹沒的廢墟中，無人得知暗
藏的不枯之井

昨日之肉 (II)

　　一隻竹雞清早起床，睡眼朦朧，還不待
飛起，就被什麼冒失鬼撞死在戰備道路上，
但戰車躺在坑道裡等待老朽，只有小客車成
群飛出，一絲絲舔走牠，牠的血牠的肉

　　隨著輪子，牠的肉滾到全島各地，空氣
中塞滿牠血絲微微的腥羶味，只有牠的骨骼
還躺在原地，每個輪胎走過小小的硬骨，都
跳動了一下，整座金門也側身陪牠躺下

　　躺成一隻，被鋼和火，搥得扁扁的竹雞

林建隆

簡 介

一九五六年生，是基隆月眉山一個礦工的兒子。從小立志
成為詩人，卻在二十三歲那年因殺人未遂，被以「流氓」名義
移送警備總部管訓，半年後轉送台北監獄服刑。坐監期間在獄
中宏德補校就讀，並尋求報考大學的機會。三年後假釋，被遣
返警備總部繼續管訓，後在管訓隊考取東吳大學英文系。畢業
後赴美，在美國名詩人 Diane Wokoski 等的指導下獲密西根州
立大學英美文學博士。

一九九二年返回母校東吳大學任教至今，現任東吳大學文
學創作研究室及文學創作研究所籌備處執行長。為台灣當代著
名詩人及暢銷書作家，曾獲 T.Otto Nall 文學創作獎、陳秀喜詩
獎，二○○二年起以作家身分入選《中華民國名人錄》。

作品包括暢銷長篇小說：《流氓教授》、《刺歸少年》、
《孤兒阿鐵》；詩集：《林建隆詩集》、《菅芒花的春天歌詩
集》、《林建隆俳句集》、《生活俳句》、《鐵窗的眼睛》、《動
物新世紀》、《玫瑰日記》、《叛逆之舞：林建隆詩傳》。其中
《流氓教授》一書，簡體字版由北京中國青年出版社發行；
《鐵窗的眼睛》（*The Barred Window's Eye and Other Haiku*）及
《玫瑰日記》（*A Diary with Roses*）亦已出版英譯本。

看海

因為看膩了腕錶上的刻痕
看膩了一尾一杯的鬥魚
看膩了名人錄裡的自己
看膩了因為和所以的非詩的邏輯
所以才看妳，才看妳……

海

是誰把海寫成三點水？
是筆直的燈塔
微濕的晨霧
或秋藍長洋裝
衣襟上的淚？

浪

是誰把浪寫成良？
不必推給波
波之於浪只是皮
看！游走於船東眼裡的旗魚
每一顆鋸齒都是好的

濤

是誰把濤寫成壽？
離衣襟上的淚百浬
在釣魚台九點鐘的方向
一艘艙底朝天
狀似棺木的鏢船

天

天和海一樣藍，起風時
雲也會把自己寫成壽
寫成良，再加三點水
滴在衣襟上洗去淚
重新教她如何傷悲

夢

即使在夢中
長洋裝仍堅信
靈魂是有記憶的
果然一把十六尺長鏢飛來
正中她的紅心：
「我的頭永遠向著海
不能不傾聽妳的澎湃」

童年（一）

故事聽到一半
便睡著的小男孩
用夢填充月光下錯失的情節：
「明明是阿里山神木
怎會游走於橫浪？
猛地衝出
千斤旗魚的腰桿」

童年（二）

將一艘左傾的紙船扶正
在她耳際開兩句幼稚的玩笑：
「風是無頸的高腳杯
浪是沒腳的長頸鹿」
趕忙扶正這回是右傾的紙船

海女（一）

高潮線的澎湃
低潮線的溫文
強烈對比的不只是
身處其間的我的心情
更是各擅勝場的你和他
彼此迴異的天性

海女（二）

你來時是漲潮
我看著退潮把你捲走
我的心像潮間的岩石
禁不住乾濕交替，冷熱漲縮
終於還是碎裂了開來

暈船 （一）

小山一座座
隨群鷗旋轉
追逐了起來
小船靜止得像港
我的心隨妳的心
在腦海裡追逐
旋轉了起來

暈船 （二）

我的左眼是魚
在腦海裡旋轉
追逐著右眼
我的右眼無處可逃
只有鼻樑這塊頁岩
妳說它該躲在右邊
還是左邊的岩洞？

平流

最低潮和最高潮
其實都是平流
都是下水最佳的時機
於是我選擇
心情最惡劣的時候
向妳傾吐內心的波濤

出海 （一）

「強山不強海」？
那就把海看成山
山有高低
我從低處行過
山崩時，我隱身崖壁
風來時，我聽見米甕的哭聲

出海（二）

比起阿公那個年代
全憑人力划槳，火把誘魚
起風時還會燒著衫褲
這艘雙汽缸四十馬力的鏢船
定能斬斷妖女般亂舞的浪腳

下水式

他將事先備妥
沒有船舵、口葉、發動機的
紙船放入水中
眼見她代為傾覆了
才掛上信號旗
毫不迷信地下令出海

洪淑苓

簡　介

　　洪淑苓，台北市人。台灣大學中國文學博士，現任台灣大學中文系副教授，兼任學生社團野鴨詩社指導老師，開設現代詩選、現代文學選讀、詞曲選等課程。著有學術論著：《牛郎織女研究》、《關公民間造型之研究》，散文集：《深情記事》、《傅鐘下的歌唱》、《扛一棵樹回家》，新詩集：《合婚》、《預約的幸福》、《洪淑苓短詩選》（中英對照）。

近　況

　　常常自己到植物園看荷花，想寫一系列的荷花詩抄。更努力在寫學術論文，發表了〈論蓉子詩的時間觀〉、〈另一種夏娃——論胡品清詩中的自我形象〉等論文，對前輩女詩人的詩藝與心境，有深刻的體會。所指導的野鴨詩社於二〇〇二年七月間，在幼獅新生廣場舉行詩歌朗誦表演，並出版詩訊〈雁字〉。這二年較少正式發表詩作，但有一些作品被選入詩選集。

秋荷十帖

1. 扣問

投小石於你的波心
那是時間的扣問
夏的繁華
在蟬的哭泣中消逝
枯黃
是秋荷宿命的
開始

2. 鵝

若不是白鵝
划過這一潭細碎
我幾乎以為
時間
等於
永恆

3. 荷葉‧盃茶

留給我的
只有半綠的荷葉
焦黃的蓮蓬

這是秋的印染
悄悄的
等待收藏

而我盃中的殘漬
已是今春最後的碧螺

4. 小盆插

用兩枝寧靜
挽留時光
靛紫
鵝黃

5. 木格窗

秋涼了
我只能在高處望荷
荷　不見芳蹤

她說
去詩詞中尋我

6. 枯荷

李商隱的恨
從春到秋
你呢
你眼底的
一叢叢枯謝
時間如流水
你，偏想去攔截

7. 行人

孩童和老人
一起在黃昏出現
愉快地散步
孩童總是在跑
　跑在前面
老人總是在後
　不慌不忙走著

一條時間的曲線
沿著秋天的荷塘

劃～～～～～～～～

8. 浮萍

荷塘有魚
浮萍是它們的代言

荷葉枯折
浮萍是過早滴下的淚

荷花，荷花離去時
勢必把秘密都交給了浮萍

秋寒如水
浮萍的翠綠
是一種承諾

9. 工事

藍色載卡多
載來水泥紅磚
半圓形的灰白
像我恆常圈出的
半圓形荷塘
荷花詩抄　如同

未完的
工事

10. 未了

夕陽秋色
他們說你是古典的
而荷花已經出走
自這詩意的畫框
我為之題詩
秋舞翩翩
萬般休
只有
香
未
了

時間之岩

——詠澎湖玄武岩

洪淑苓……

你是湛藍海上
黑色的時間殿堂

富麗雄偉
滿是英雄傲氣的堆疊
大刀闊斧
唯見節節向天的黧面
氣象森然
絕無稍可攀登的巖壁
縱有陸沉的一刻
你必然以史詩的磅礴
完整潛入時間深處
任人憑弔——

我問你是否寂寞
除了遠方
鯨和豚的躍浪
除了海底
珊瑚和七彩魚的舞蹈
除了海面

水鳥的迴翔
小艇偶爾的拜訪——

雙筒高倍速的望遠鏡中
浪花奔向天際
你仍然靜默
若你是時間的銅雕
則你眼中的我
是一粒不肯散去的塵埃嗎？

海風驟起
我的衣衫鼓起如翼
我果真輕如鴻毛
而你靜定的眼神
收納我破碎的影子——

你是時間之岩
你負載著
地、老、天、荒

那是
時間的重量

女聲尖叫

電梯
計程車
廢棄的公寓

進入
卻更害怕
被進入

啊
啊
啊

女聲尖叫
從66歲的老祖母
到56、46、36、26的
家庭主婦和粉領族
從16歲的美少女
到6歲的女娃兒

女聲尖叫
在巨大的陰影底

啊——

元配夫人

競選時
證明他
是個好人
（努力上進，孝順父母）

升官時
證明他
是個好男人
（齊家治國，內外兼顧）

緋聞時
證明他
是個新好男人
（週年節日，不忘鮮花，而且是個好爸爸，兒女都愛他）

元配夫人之為用
大矣哉

（已經讓妳當「大」的了，還吵什麼吵）

以詩的方式

死亡，或者離開
以詩的方式

茶色漸淡
想要決裂的花生
只好保持完整的沉默

無法後退的懸崖
風箏咬斷臍帶
哀哀的，追逐自己的尾巴

雲很憂鬱
海唱著歌
浪花被高亢的旋律絞碎

雪掛滿松枝
隱翅果不再傳遞
幸福的消息

死亡，或者離開
以詩的方式

無　題

男人在我身旁躺下
我不確定
他是熟睡了
還是死亡
我們相識相愛
養兒育女
一缸金魚和三隻狗
陽台上的花草總是乾枯
在東北風吹來的冬季

男人是熟睡了
躺在印花床單和我的夢中
而我被裝扮成一襲黑色
（死亡的是我？）
我遺失了我的月亮別針
我的眼睛不能發光
我想，我得趕快逃走

男人是死亡的
他的軀體呈現從未有過的柔軟
我溫和地向他道歉

怕打擾他眼中最後的安祥
（慶幸的是，沒有人要求我哭）

之後，我便離去了

我很少這麼不負責任
廚房的碗盤
浴室的髒衣服
都因為男人死了
而失去清洗的理由

這不是一場夢
而是一篇主婦日記

如果，我找到了我的月亮別針

晚間新聞

我就要走了
除了腳上的拖鞋

男人照例一邊吃著水果
一邊收看晚間新聞
就像我在日間
一邊刷洗他的汗衫
一邊搓著七彩的肥皂泡泡
好多好多彩色的夢啊
飛進每一間公寓的後陽台

我就要走了
除了腳上的拖鞋

我燙好了他的襯衫
做好了孩子明天的便當
還多做了布丁果凍──
當孩子找不到媽媽
他們還可以吃著媽媽做的點心

我要走了

我什麼行李也不帶
除了無名指上的銅環——
好讓他從晚間新聞裡辨認是我

而拖鞋，我會悄悄放在湖邊
萬一男人沒認出我
至少還有這雙珠花拖鞋
證明我曾經來過

金柑糖的憶

橘子味的小糖球
是一顆等待的心

白紋線為它畫下
時間的年輪

酸，是它
最後的暗示

而那消失的甜
就是我金柑糖的童年

因　為

因為花　　所以芬芳
因為淚　　所以晶瑩
因為愛　　所以流浪
因為美　　所以寫詩

因為月光　　所以潛逃
因為輕風　　所以飛翔
因為寂寞　　所以歌吟
因為孤獨　　所以沉思

方　群

簡介

　　方群，本名林于弘，一九六六年生，台北市人。台北市立師範學院語文教育學系畢業，輔仁大學中文研究所碩士，國立台灣師範大學國文研究所博士。曾任國小、國中、高職及大專教師十餘年，現為國立台北師範學院語文教育學系暨台灣文學研究所專任副教授，並兼任國語日報「語文教育」特約主編。目前主要擔任：語文科教材教法、語文教學專題討論、語文教材編纂與評鑑專題研究、讀書指導、古典文學的翻譯與改寫、文學欣賞與創作、現代詩及習作、台灣現代詩專題等課程之教學與研究。

　　一九八四年起正式在刊物發表作品，並與同好創辦「珊瑚礁詩刊」。創作以新詩為主，兼涉散文、評論及傳統詩，亦多次應邀擔任文藝營講座及文學獎評審。作品曾獲：耕莘文學獎、中華文學獎、優秀青年詩人獎、全國學生文學獎、國軍文藝金像獎、教育部文藝創作獎、藍星詩社屈原詩獎、創世紀四十週年詩創作獎、吳濁流文學獎、臺灣省文學獎、聯合報文學獎、中央日報文學獎、時報文學獎等重要獎項，並入選各種文學選集。著有詩集：《進化原理》、《文明併發症》，論文：《初唐前期詩歌研究》、《解嚴後台灣新詩現象析論》、《台灣新詩分類學》，另編有：《應酬文書》、《大專國文選》、《現代新詩讀本》等書。

近況

　　寫詩果然是和年齡有關。

　　年近四十的恐慌，帶來相對務實的想法與行動。詩當然還是得寫，但目前僅求對得起自己的良心就已足夠。而從三年前轉到師範學院服務後，研究教學的重心逐漸轉向語文教學的範疇，文學創作與評論反倒淪為副業。尤其對創作力不從心，顯然是老化的症狀。

　　寫詩果然是和心情有關。

　　心情太好寫不了東西，心情太差根本就不想寫，而心情不好不壞也想不出該寫些什麼！不寫詩可以找到一萬個藉口，但寫詩應該就只有一個理由──沒什麼，就是想寫。一個難得任性的中年男子，只有在詩的領域才能故意迷路。

　　寫詩果然是和地球有關。

　　溫室效應當然會讓我的體溫升高，聖嬰現象應該和生育率委靡沒什麼牽扯，不友善的沙塵暴絕對會影響我容易過敏的鼻子，商品的過度包裝可能是造成我肥胖的理由，和老友絕交只是因為他喝錯了我的啤酒。

　　以上的荒謬觀察與無聊推論和個人的喜惡無關，但可能造成翌年詩作產量的異常波動⋯⋯

愛的辯證（二式）

方群……

●之一

我在那裡　看見

我不曾擁有的

愛情　悄悄沸騰

在極精密的針孔鏡頭下

在低干擾的錄音磁軌上

你揭開的標題

是昂首竄擾初春的

無名火

●之二

我在那裡　看見

我曾經擁有的

愛情　漸漸變冷

在高頻率的陣陣呻吟中

在無止盡的慾海波濤裡

你出軌的速度

是驟然掩蓋嚴冬的

冰風暴

無題四品

・之一
不能說的心底話
隱藏著，我
逐漸腐敗的肉體

・之二
非經濟作物的栽培
在潛意識的討論之後
成熟

・之三
無風起浪的漣漪紛紛
是靈感水池的
凡心，乍動

・之四
風乾的腦下垂體，晃蕩著
不能落筆的
詩

ㄨㄤˇ路 (三首)

方群……

1. 往路

昔日的種種，已經
沒什麼好說的了
在廿一世紀的寬頻脈絡裡
不懂WWW的舊人類
容易逾期退貨
容易腐爛發臭

2. 惘路

我們乘著滑鼠出航，愉快地
拋棄沉默的羅盤
在液晶螢幕上勇往直前
用直覺搜尋
那個喚作「烏托邦」的 Homepage
應該就在不遠的某處……

3. 枉路

在反覆轉寄的 E-mail 裡
後悔的病毒開始蔓延

青春激素的燃燒效應逐漸消退
我們感覺到不安——
一群自行演進的智慧病毒
正置換著疲憊的思考程式

驚蟄

在這個接近無聊的午后
忍不住想喚醒一些昏睡的基因
證明存在之外的演繹途徑

隱隱雷鳴，敲落
附著於腦海中的黏稠與不愉快
記事本裡的縮寫暱稱
爭辯著——
一群蟬蛻遺失的莫名死因

春天的太陽已經哭了很久很久
憂鬱的沉默森林
只剩下兩隻偶坐的蟲
繼續期待著一切將繼續發生的事……

人體三帖

1. 角膜

用矜持的力量控制著
你在我眼中的大小
始終如一

2. 味蕾

不停地尋找，你
最初的味道
仍在夢中發酵……

3. 聲帶

莫名其妙的瘖啞
只是某種彈性疲乏的
慾望思念

空調、單人床和抽水馬桶

方群

1. 空調

忽冷忽熱的急促呼吸
是你羞赧神情的
初夜邂逅

2. 單人床

落寞的鬆軟枕頭
很難習慣陌生姿勢的
陡然　　陷落

3. 抽水馬桶

就這樣溫存著──
我　阻塞的思想
你　潮濕的慾望

航行，在詩的海域

從啟碇開始　我們就一直小心翼翼
間隔對稱的浬數　嘗試押韻——
陰性的海鷗聲調　很容易讓人迷失
在神秘寓言交疊的陌生水域
凹陷的肋骨隱隱浮現座標的原型

魍魎的衣袂揚起詭異而綺麗的風笛
洋流錯綜的音步也始終難以估計
舵手逆風的齟齬很難分辨是非
傳說中的天籟　是否有正確的抑揚平仄
總不免暗示偽裝的懷疑

在耳際　觸礁的怯懦片語正迅速沉溺……
不安的隱晦情節已醞釀成型
凌亂的呼吸蟄伏每個迴行的角落
悄悄　鐫刻暗喻死亡的胎記

這是最初　也可能是最終的航行
我們拋棄慣性的諧擬思考
穿梭尷尬的空格和斷句　解構
紛雜意象的迂迴斷續或主觀承繼

重生於泡沫母題的夢中伊甸園
我們捨棄變形的頭顱和四肢
遺忘繁複的語言鍊結和邏輯推演
捃拾結構殘缺的鱗片與尾鰭　學習
用鰓呼吸　學習
過濾抽象的稀薄氧氣　學習
用念力感應周圍的氣氛和情緒

鑲嵌在基因深處的委婉使命已被摒棄
我們選擇凶險的反諷方位繼續勇敢　向前
迴旋於陰濕躁鬱錯雜的澎湃海域
這是一場以靈魂為賭注的華麗探險　毋庸置疑………

方群……

在費城 (Philadelphia)

·費城　1977·

那年我們辯論著國籍歸屬的敏感問題，在異鄉
人權廣場的叫囂奔走肆無忌憚
燃燒的汽油桶反射網膜的熊熊火光
現實與理想 V.S. 妥協與對抗

失眠的夜色熬成一壺壺不加糖的黑咖啡，反覆
沖洗胃壁周圍的嚴重潰瘍
習慣失溫的暖爐仍保持慣有的沉默
我們啃齧彼此的肉體慰解對鄉愁的渴望

小小的單人床總是承受過重的情感負擔
發燒的胴體融化今年最冷的一場雪
我沉溺在狂飲雞尾酒的迎新 party
妳則站在肥皂箱上對著一群凍死的松鼠宣揚民主思想……

下個禮拜的集會和遊行依然如期舉辦，妳的長髮
躊躇在法律和課業的尷尬邊緣
我在書本裡尋找早春的氣息，以及
資本主義和社會主義交鋒的勝敗參數

像冰一樣的義大利麵躺在不遠的餐桌上
我們　相隔浩瀚的海洋
嘗試從凌亂的剪報還原島嶼的新聞真相
那些與風花雪月的情愛無關

「中國人的問題讓中國人自己去解決。」
（那台灣人的問題呢？）
——我的指導教授微笑，不置可否
在課堂在研究室在圖書館在演講廳在街頭被砸的流動攤販
相同的抱負總在類似的情境中陣亡

故事的結局終究是沒有等到過境的解凍太陽
凝結的眼角掛著一滴不捨的晶瑩淚光
費城的冬天總是習慣離別和下雪
在 1977 的邂逅之後　福爾摩沙的鄉愁
繼續在異域的街道往返流浪……

・費城　2001・

越過換日線的懷想匆匆倒流時光
一路鋪排的坎坷起落過往的烏托邦
在三萬呎的對流高空
小寫的 taiwan 烙印掌心
不時，觸發我疲憊的神經緊張

相同的護照列印另一段陌生的前途
學經濟的女兒還是踏上我當年匍匐的路，只是
年輕的眼睛不瞭解老淚縱橫的感受
妳知道　所有熟睡的呼吸都很輕
花朵一樣的年齡不必承擔國仇家恨
舞動青春的蝴蝶翅膀從沒有疆域的界限
就像沒有托福的祝福也可以永遠快樂幸福

（從舊世紀到新世紀就剩下孤寂的熟悉
　光陰無聲一轉眼閃過這些黑白的記憶
　九萬多個日升月落只能換算成一天的
　苟延殘喘離開理想離開同志離開傳單
　麥克筆乖乖的畢業謀職結婚生子然後
　悔過自白然後宣誓效忠然後在漫長的
　等待中偷偷學會享受生老病死的歡愉）

在費城，獨立鐘是否還有悠揚的迴響？
老校工的鑰匙還能不能打開塵封的庫房？
我陪著女兒的笑聲踩過曾經的激昂與靜默
左腳和右腳輪流在世紀的兩側來回踱步

腐敗的肉體繼續滋養高貴的靈魂
滿天的蒲公英仍然四面飄散
在美利堅大陸的東岸或西岸
潔白的大理石凝結那些流產的受精卵
輕輕撫摸妳的氣息　嘗試引渡當年的稀薄夢想

一群群自然獨立的分裂細胞，即將
脫離閉鎖的母體版圖　重新孕育海洋的召喚………

方

群……

世說新語

·狐疑　之一·

怎麼可以　相信
比我們還要狡猾的
人

·鴨霸　之二·

獨裁者的銘言
以鋼鐵鍛接的斷臂
落　款

·蛇影　之三·

酒精的蒸發意象
聯想　你們
叵測的高貴居心

·雞飛　之四·

不能升天的翅膀
還是墮入輪迴生死的
慈悲肚腸

〔震來虩虩〕
學院詩人群年度詩集
2002~2003

·蠶食 之五·

一口一口慢慢慢慢地吃吃吃吃

那些很餓很餓的感覺

會在咀嚼的口腔中

緊緊　擁抱幸福

·鯨吞 之六·

遼闊的回聲　呼喊著——

那些無處躲藏的

空

洞

·鼠膽 之七·

在陰濕卑微的都市地底

我們是被凡人唾棄的

虛無勇氣

·牛步 之八·

漫長的等待之後

一條無法割裂的化膿臍帶

仍連結　你我的無奈

·蝸居　之九·

無廳無衛無窗無炊的單身世界
連一點嫉妒的眼光　也
擁擠難耐

·蛙鳴　之十·

晚春的回音
泛起
一波波脹氣的漣紋
且行且遠⋯⋯

牆頭草

方群......

匆匆遠離母親溫潤的懷抱
落腳，在毫無遮掩的斑駁牆頭
謹慎伸出虛弱的稚嫩鬚根
牢牢抓緊我所能體會的堅實依靠

不經意的暴雨淋濕頭髮
預期中的烈日烤焦脊背
我大口吐納日月精華，貪婪地
攫取偶然路過的微渺塵埃
一層層墊高——
眼光瞭望的方向
適時調整彎腰的角度，和
挺胸的時機

徘徊生命錯落的間隙，我
習慣匍匐思考
嘗試鍛鍊永恆的搖擺姿態
預言游標閃爍的頻率
在地平線外逐漸氤氳的風暴
即將來襲……

某教授

我的心跳依然維持著相同的頻率
面對悲歡離合喜怒哀樂總是沒有太多的驚異
過馬路的習慣仍然是中間偏右
吃飯的場合必須空調舒適，以及
配合季節的輕音樂伴奏（最好是 live）

三餐不重複類似的菜色是無庸置疑
飯後水果點心咖啡冰淇淋都得謹慎計算卡路里
菸酒定時定量但是不限制場所
我隨心所欲的養身態度經常得到徒眾的頌讚謳歌

頂著生鏽的博士光環我還是大膽地在校園裡摸黑行走
面對學生的良心質疑我不想小題大作
紅筆藍筆鉛筆粉筆黏不住一支權威的派克鋼筆
白包紅包書包皮包比不上昨夜鼎泰豐的小籠包
酒色財氣不停地告誡我要不憂不懼不懼不憂，反正
閉上眼睛天黑睜開眼睛天亮
天亮天黑天黑天亮都是我一手導演的日夜想像

至於天人交戰的局部反思還是會偶然出現
但我努力避免增加肉體的不必要負擔

小心延伸在背後操控是非的靈巧手腕
用薩伊德的理論鍛鍊腹肌的彈性
用健身房的啞鈴增加腦漿的營養
在處處充滿虛偽圖騰的學術競技場
我層層鍍金的高貴軀體將永永遠遠，閃閃發亮……

方

群

我逐漸衰敗的偈

——於國家戲劇院觀「八月雪」
聊成短作一束兼呈高行健

1. 暴雨

從這裡開始，我們
即將面對生命衝擊的洗禮
在闃黑的喘息中
恐懼，席捲天地……

2. 風的臉

你模糊的面相難以掌握
恰似枯柴的年輪
解構——
歲月無欲的凝結

3. 雲的答案

該答應的是什麼呢？
你搖搖頭
飄過擱淺的下視丘
幻化如驚鴻

4. 就像一堵牆

倚著傾圮的肩膀
繼續守候靈魂孵化的可能
那些悄悄回收的眼淚，終於
學會沉默

5. 桃花開落如昔

千山萬水的輪迴遞換後
聲色氣味喜怒哀樂依舊
所有曾經反覆遺失的臉
寫在一泓不確定的水面

年　獸

　　牠從不喜歡熱鬧的感覺，以及
　　　卡路里過高的應景食物
　　　容易黏牙的惡夢年年如此
　　反覆標榜容易腫脹的胃腸傳說

　　　爆破歲月的聲音由遠而近
　　睡不醒的漫漫長夜，就這樣
　　　包裹著消化不良的黑色渣滓
　　　　　流竄街頭

　　沒有王子或公主會傻得來吻醒牠
　　記憶裡那些不可能孵化的旋律
　　　繼續堆疊假裝的迷路鼾聲
　　　用冬眠的姿態，回應
　　　喧鬧又寂寞的虛擬感情

生命即將迫降

方群

鎖定慾火的光源
無聲開啟自動導航的精準味蕾
循著汗水滲漏的軌跡
貼近你嶙峋的完美表面
輕輕以善感的腹部　　撞擊
瞇起眼睛的鼾聲午後

想像戰事仍在遠方
想像沙塵暴依然瀰漫
潰爛呼吸系統的黃濁氣體
徘徊在空無一人的兒童樂園
市場上廉價出清的ＢＢ槍
恫嚇著支解胸膛的不安窺孔

吞噬仇恨的無邊沙漠　　繼續
風化一匹匹被坦克輾斃的木馬屍塊
我虔誠拾起先知遺失的殘破經卷
行走在戰爭的飄搖稜線上
以悲憫的姿態
告解死亡

雙頭蛇與四腳獸

「台北有雙頭蛇，兩首同身，偶見道旁，
見之不祥，或云速死。
……又有四腳獸，狀若二猿，
腰部以下相連，匿於山林，
嘯聲淒厲，聞者耳鼻泣血，不日而亡。」

《台灣通志・風土志》

・雙頭蛇・

我們共用頸部以下
消化吸收循環排泄以及生殖交媾
低身繾綣在禁慾的水泥叢林
謹慎摩擦異性的敏感帶

道德與否的反覆論證
綑綁不住原生的背離渴望
悄悄交換生命序列的隨機亂碼
沉溺在黏稠體液的氾濫流域

徬徨的眼神依然瞭望著不同的方向
當河流靠岸的時候
一根無力掙扎的軟弱脊背
躺臥在灰暗的鼾聲裡

· 四腳獸 ·

我們分享腹部以上
神經感觸血壓起落肌肉收縮
四足均衡分布體重
等待著寧靜後的狂野風暴

不容置疑的理論進化
演繹相互吸引的致命荷爾蒙
在心靈出軌的夢幻亞空間
夢在肉體的激烈捶打後漸漸成型

羞怯的窺視已然淪喪
四腳的族群即將大量複製新生
撕裂聖殿遺失的傳說
坦然迎接異端崇拜的褻瀆

ㄕㄚ的四聲演進史

・ㄕㄚˉ・

擱淺灘頭　或是
遨遊四海　都
隱藏著
難以啟齒的——
致命接觸

・ㄕㄚˊ・

？

・ㄕㄚˇ・

可能**笨**
或者**呆**
乃至縮寫**癡愚**
甚至是**不聰明**的客套
說法　比**蠢**
好・

·ㄕㄚˋ·

源自中國　典型
以及　非典型的政體病變
由密集的唾沫傳染
屬於恐懼的即刻進行式
經常在死亡邊緣隨意遊走
據說有不單純的信仰因素介入……

方群

徵婚啟事

四十歲以下。單身
堪用男性軀體一枚
省油。附全險及原廠保證書
居家外出。不可。或缺
每日三餐飯後及睡前
需按時服用。不忌
生冷。菸酒。輕微的憂鬱及藥癮

身高。體重。略超過平均值
薪水固定。缺乏。想像
加長雙B轎車。花園別墅。外傭。有
痔瘡。壞脾氣。損毀的顏面神經。無
挑剔的嘴

誠徵：雌性。若干
條件從寬。經驗
免。兼職。可
（學生及上班族尤佳。）
面談通過立即支薪
待優。享老鴇
來電必覆。無誠勿試。請

逕洽。本版左下方聯絡電話
不合密退。人格。保證

方

群

唐 捐

簡介

　　唐捐，本名劉正忠，一九六八年十二月生。台灣大學中國文學博士，現任東吳大學中文系助理教授。詩文曾獲時報文學獎、聯合報文學獎、梁實秋文學獎、台北文學獎、八十七年詩選年度詩獎、五四獎等。著有詩集《意氣草》、《暗中》、《無血的大戮》，散文集《大規模的沉默》，編有《當代文學讀本》等。

近況

　　漸禿漸覺詩力猛，觀世渾如觀落陰。

　　種豆容易得瓠仔，畫鬼不成反類人。

　　忍用眾生為藥引，焉知吾腦是病根。

　　閉門造句兼造孽，默誦地藏本願經。

蜉蝣ＡＢＣ的愛與死之歌

雨在下●A在飛●他愛B●B愛誰●雷振振●雨霏霏
雨在下●C在飛●雖有傷●不流血●星如瘡●燈如鬼
好個雜遝的恨●好個純質的黑●亦吃●亦睡●亦交配

D在吃●E在睡●F和G●連袂飛●食湯後●亦交配
剝燈皮●療腸胃●燈汁燙●煮腦髓●雖裸身●不慚愧
好些雜遝的恨●好些純質的黑●亦喜●亦怒●亦交配

人生病●病生H●天打雷●雷流血●I J K●亂亂飛
J愛A●G愛J●折翅後●更愛飛●雖死掉●無所謂
有些雜遝的恨●有些純質的黑●亦神●亦鬼●亦交配

B謂A●忘了我●去愛J●否則來●來撞燈●燈是鬼
言既罷●天地黑●A有愛●B有愧●C無聊●亂亂飛
沒有雜遝的恨●沒有純質的黑●亦風●亦雨●亦交配

我的體內有一隻狡兔

1

我的體內有一隻狡兔

蟲中之蟲
自嚙其根的
玫瑰。鹽田上曝曬的邪思

我盤坐
牠咬著心臟狂舞
我中狂急走
牠倒臥如得道的蟬屍

2

剝開蜘蛛
我看到另一隻蜘蛛

布將還原成絲
語言將還原為虛無

橘子裡有去年的陽光

腦袋裡發霉的紅豆

我的體內有一隻狡兔

3

蚊子叮咬另一隻蚊子
或人之血
與昔我之血同進同出

我的體內有一隻狡兔
你的體內有一頭猛虎

當我們合成一體
虎和兔調換了位置

4

聖哉我主是一隻狡兔
在我的體內掘了九個窟

咽喉裡掏出啃剩的器官
黑色的笑聲從肛門排出

5

我的心中有一隻狡兔
穿著虎皮

繞著一鍋滾沸的鍋爐

我伸手去捕捉
牠躲進肋骨的箱子

6

來者誰將信任我的詩
去矣劍將插入
你的腹

狡兔不老
我是牠的墳墓

我家牛排

牛端出自己的肉説：「請慢用！」
牛吃著自己的肉説：「我還要！」

1

他們埋葬你兮　你成為嬰孩
嚶嚶地向女兒索奶兮　經血初來
那時初萌的乳房正帶領她涉入仙人掌與蜥蜴的國度　而洗
了七年的天空　猶是腥臊的抹布　它抹過的一切都成了它
的構成　也哭　但淚水在雨季裡並不被承認　也病　但病
得更嚴重的是此間唯一的醫生　也死　但死得更早的是替
她料理後事的鄰人

2

你曾經傷害的人兮　不懷好孕
你的兒子也是孫子兮　屢試不爽
像英勇的革命烈士暗暗挖掘通往總督府的地道　埋下火藥
有些危險沿著血管擴散　這個城市的紳士們將不會察覺
鞭炮聲裡兩粒煮熟的花生　這個城市的行道樹將不會閃躲
風裡淡淡的血腥　你將不會死　像恐怖之奶水　哺乳你自己
製造的罪孽　病孩之肉身

3

天地裸露著神經兮　人間一病孩

你親蒸的骨肉兮　我家牛排

月亮像是暗夜割不掉的肉瘤　流淌著可恥的黏膩的光的汁液　在不明朗的天氣裡　展覽著一個家庭的痛楚與罪行你曾經傷害的人兮（爾骨爾血兮不懷好孕）　正在養育此一傷害（亦福亦禍兮惟爾所造）　你已經腐爛許久了　眾人的眼睛依然嚼不爛　那俗又大碗的我家牛排

致學妹 1

1

學妹，妳不知道嗎？　器官
這些難以馴養的小獸
以一種瘋狂的手勢
導演著我。眶外是濕漉漉的
不能裱褙的風景——又彷彿是
一紙役男點召令，簡明
無效，等待一桶汽油和番仔火

為什麼妳不給我？　三太子
我已經拒絕他——租或售
神功，法器，風火——
在我的體內
悄悄地發作。我是否該
終於，狠下心，獻上身
在絕望中接受他的誘惑？

2

我是苦悶的，學妹
除非你來——

妳知道春天的和風是如何批改憂鬱的草皮嗎？
妳知道春天的陽光是如何輔導委靡的樹林嗎？
妳就會知道：所有苦悶
都只是性的苦悶

我是可以的，學妹
只要妳來——
妳知道夏天的雷電是如何撕破天空的虛偽嗎？
妳知道夏天的雨水是如何填充海洋的空洞嗎？
妳就會知道：我是可以的
只要妳來

我是可以愛的，學妹
只要妳來——
妳知道秋天的海嘯是如何解放軍艦的執著嗎？
妳知道秋天的落葉是如何抨擊河流的曲折嗎？
妳就會知道：我是可以愛的
只要妳來

我是可以愛妳的，學妹
只要妳來——
妳知道冬天的冰雪是如何保護湖泊的純潔嗎？
妳知道冬天的地震是如何重組世界的秩序嗎？
妳就會知道：我是可以愛妳的
只要妳來

3

為什麼妳久久不給？ 學妹
器官 在我的面前舞動爪牙
猙獰的面目，善良的心
彷彿不是幻影，我聽見
遠方傳來模糊的答數聲
雄壯，威武，剛直，嚴肅

為什麼妳久久不給？ 學妹
番仔火 焦躁地等待一桶汽油
善良的面目，猙獰的心
彷彿不是幻影，我聽見
慈母手中線穿過月台的聲音
再會啦 明天我就要去當兵

附記：本詩靈感得自林婉瑜的句子：「學妹，難道妳還不
明白嗎／所有苦悶，都只是性的苦悶」；句法則完全步趨
孫維民〈幻影2〉而來。

致學妹11

1

雞啼七遍　我就要回家
不再扛負白骨磷磷的步槍
穿戴死狗腸仔　的襪子
站在蒸腦刮髓小地獄的門口
仁慈的馬面中尉　會說
恭喜你退伍　為社會添一敗類

狗吠再起　我就要告退
像好男等到福禧千年的審判
像惡女服完輪迴十殿的酷刑
叫一聲阿母　我倒轉來啦
目屎凍未條　雄雄落下來

鬼叫一聲　我走出營門
像淪陷在狗笑貓哭裡的
有罪靈魂
經歷七生七世的流浪　取回人身
攜帶新穎的器官　老舊的病根
站在街頭　向全世界的廢物敬禮

2

我要從雄壯威武嚴肅機警沉著忍耐的口號裡告退

回到病弱的肉身　　在街腳

對路過的野貓　　暴露不能勃發的肝膽

如失去甜味的甘蔗渣

回味被咀嚼的亢奮或痛楚　　不可一世

我要從萬能角鋼般堅強的人類的陣容裡告退

回到群鬼之社會　　如一陣野煙

再不要出操　　站崗　　強喝機車輔導長的心靈雞湯

繁華的都市啊莫為我流淚

滌肝洗肺生啤酒　　歡唱無限卡拉OK　　請多準備些

3

學妹　　我回來了

帶著傷殘的海綿體　　洗過的腦髓　　與乎曬黑的心臟

回到初戀的故鄉　　快樂地打擊猛吠的土狗

（牠忘記向一名兵過牲過還差一點點鬼過的男子敬禮）

　親吻まいにちの面頰　　使自己成為挨打的土狗

學妹　　我回來了

二十七罐鐵牛運功散　　午夜夢迴發動兩黨不爽的睪丸

我將憑此內傷　　報答地球之栽培　　奮鬥如狗尾

（陸軍上兵某應予退伍為後備役此令總統陳水扁國防部長

湯曜明）

這是我的退伍令　你看　這是因慕戀而發炎的胃

學妹　我回來了

彷若頭重腳輕的太空人　天外歸來　接受舉國之抬愛

人間有礙　報效無門　銀行還要催逼我的「蟾蜍罵妳」

（George & Mary）

（遠傳電信你好請在嗶一聲之後留言如不留言請掛斷謝謝）

愛情的二等兵已就戰鬥崗位　妳怎不答我　學妹

昨天的我注入今天的身體

我終於

喝了清晨的第一泡尿

溫熱、麻辣、腥臊的飲料

啊，那是食物與臟腑交歡的產物

曾經在我的體內寄居一宿

啊，那是腦汁與精液爭辯的結論

曾經流經靈魂的集水區

——昨日的邪思善念美夢惡疾

在杯中凝聚能量

重新灌入今日的身體

我像昨天一樣年輕　健康　聰明

我像昨天一樣愛妳　愛我們的小孩和國家

我像昨天一樣　而昨天像昨天的昨天

我像昨天　而明天像今天的我

我像　而世界已變了模樣

這是神奇的尿療

水份在肉裡舞蹈

純淨非福　濁穢是至寶

我又喝了

清晨的第一泡尿
像百聽不厭的歌謠
昨天的我注入今天的身體

唐捐......

敵　情

窗外貓鳴在抵抗狗吠
有些礦苗在體內生成
Dear F16，妳呼嘯過我的螢幕
留下兩道美麗的脾氣
我試著以惶惑的雷達鎖定妳
妳卻輕易地逸去……
天空比橘子還藍，陽光比石頭
還香，我的激情可比撞岸之浪

——碎而復合，合而復撞
因為這是先秦，儒家還沒
獨尊，六經還沒火焚
楚客與蛟龍在水底爭食肉粽
那是稍後的事情，暫且不表

此番單表一名男子，介乎寂寞
與樹皮之間，如一杯濁酒
可以被織成三匹鬼話
若再配合窗外的狗吠
Dear F16，我再度呼喚妳
若是鬼話攪拌著狗吠
那會是一種多麼不可口卻

可樂的飲料。Dear
F16，請收好妳的兩道脾氣
停止美麗，跟我一起來到
這座新建的兩坪大小的
惡夢，用……。我叫米格２３
寫到這裡，我被你擊落

唐捐……

人間遊行

瞑目徐行，在春日的小徑
想像自己是久別人世的亡魂
宇宙的搖籃，地球之新生
如蛇，穿著眼睛織成的皮膚
體認荒野之慾力，帶著冷血
黃藤一樣帶刺的神經，左右
伸展，契入幻妙的風雲──
這是重來的時光再興的能量
白鳥悠悠從水面昇起
夕陽如酒，在山坳裡釀成
瞑目徐行，點燃久蟄的靈明

神　話

在飛鳥隱沒的地方，
挖出一對麒麟的骸骨——
星滅，風止：禽獸來相呼。
黑陶，銅鏃：愛情之化石。

這是大洪水消退以前的故事，
天地劫毀，人倫湮沒於淵黑。
你我避難於群山之巔，蠻荒的樂土。
由衣飾轉入裸體，由熟食回歸生食。

那是瀆神犯忌，啊，罪惡的時日——
如雙頭之蛇，分享不能分享的孤獨。
如四翅之鷹，獨佔難以獨佔的懼怖。
化成泥，化成土：身份隨血肉改組。

愛而且愛
除了繁殖，再沒有其它義務。

無所悼

1

這樣好的天氣。陽光
白色小馬般奔跑
於插滿管線的母者
震來虩虩，恐怖的
血崩。像一個年代
流失她最好的能量與創
意。嬰啼呱呱，母血
竟不肯剎止。啊，世界
痙攣如一高齡的子宮
苦苦創造，殘暴地收回

這樣好的天氣。有人
默默離開寫字桌
走入樹林，他寫過的字
——鼓躍如帶血的蚊蚋
繞著夏天的果實飛行
震來虩虩，無聲的
血崩。像一塊土地
遺落她上好的靈感與養

份。白色的小馬
陽光般，忽然閃過樹林

2

在不知為何而戰而仍戰
的年代，只賸幾首
五年級的愛與死之歌
斗室裡，醃泡著腦袋

在不知為何而立而仍立
的年紀，只賸一股
戒之在鬥的血氣，默默
發動插滿刀劍的兩肋

在不知為何而悼而仍悼
的所在，蝙蝠飛舞
或人殞逝。只賸若干
同病者襲取他殘餘的悲哀

在不知為何而寫而仍寫
的夜晚，操場擁擠
教室空曠。只賸幾本
寫字簿攤在轉學生的桌上

3

目前，繁花盛開——
有些膿汁在眼裡悄悄地
擴散。啊視覺，欺人
的視覺，你看到的所謂
花團錦繡的春天
原來是雲煙。啊聽覺
欺人的聽覺，你聽到的
所謂朗暢的笑聲，原來
是流水。啊情緒，欺人
的情緒，你寫下的所謂
兔死狐悲的輓歌，其實
無所悼
陽光照耀新墾的山坡
幼蟲在果核裡運作
——目前，繁花盛開

華世虛空可思量
——讀《千年之門》

賴芳伶

出版於2002年10月的《千年之門》,共收十一位學院詩人約自2000至2002年間所完成的131首作品。這些表面上各自「驅散」的聲音,恰是當今社會現象的切割顯影,也有普世心靈的曲喻。就前者言,以1999年的「九二一」大地震,以及兩年後的紐約世貿大樓「九一一」恐怖事件,似乎最受矚目;由此延伸出去的廣義的政治關切,則含括2000年總統大選之後,台海兩岸的詭變情勢、互為張抗的種種論述——諸如家國溯源,族群認同,人與自然土地倫理的重新思索……等議題。以後者觀之,則生死重疊的叩問、愛慾的困惑顛連,屢屢指涉宗教性的詮解,以至於存有終極的知識性辯證。然而,兩者間也多有互涉。

詩人經由意識潛意識與情感蓄釀轉化而成的詩篇,往往糾葛著繁複的心靈景觀,雖與災難迭出的現實相關,泰半已經是不現實的真實。職是之故,我們即使在標明人物事件的詩題下,仍可尋繹出更幽詭的象徵意旨。如白靈的〈眾人停止在此——九一一事件有感〉,以刻意的文字空間佈置,所繁衍的象形指事,形聲會意,確能使讀者聯想鍛接出,不同種族宗教歷史文化間的永恆性對壘相殘,才是它真正的主題,此一巡迴上

演的「不空不色不色不空」悲劇，終究纏繞著眾生的愛恨嗔癡，難能止息。而簡政珍指明寫「給李遠哲先生」的〈之後〉，詩中隨處可見強烈諷喻，一方面為對時局的激切關懷，同時亦突顯當前認同問題的困擾，適可讓讀者進一步省思，知識分子處於多元開放社會中的取捨去就問題。與〈之後〉相關的其他作品，屢見窒悶的氛圍，層出其間的「失憶」、「背叛」、「皸裂」、「倒錯」、「爽約」、「誤會」、「十字路口」、「海市蜃樓」、「千瘡百孔」、「漏雨」、「蒼蠅」、「孤兒」、「枯死」、「哭泣」、「蟲蛀」、「天堂遺失」、「神祇流浪」、「無法投遞的書信」、「滿載露水的無頭列車」……多種意象，參差錯雜於「地震」、「土石流」、「政治酸雨」、「選情民調」、「大選後」、「組閣」、「新臉孔」……的敘述脈絡間，讀來令人觸目驚心。我以為整部詩集中與〈之後〉系列最具有某種對話意味的，應數江文瑜的〈一路走來——給林義雄先生〉，同為台灣的時局掛念，江作較能穿越政治幽暗的本質，窺探慈悲喜樂的出口。惟簡政珍〈送別〉一詩，暗暗流淌家庭的溫馨，被詩人輾轉隱喻為「紅花油」的「妳」，總是「我」生命中療傷止痛的愛侶，得以共同「履行累世的契約」，即便「來世的構圖／又是一串串漂浮的驛站」。類此家／國兩極的互補書寫，所參差照見的焦慮感，應該也深埋於我們每個人「日日的存在」中。

　　古添洪的〈不是政治書篇〉，則是一首故意從反面切入以加強力道的政治詩。雖然不無揶揄「用腳寫詩」的本土詩人之意（尤其詩的末尾一節），但如果像詩中所云，有請複數的「你的腳到歷史最癢的地方走走」，到「峭壁間冷濕的窯洞」、

「窮得外褲輪著穿的山坳」、「戰時被凌虐的身軀」、「黃土高原的貧瘠上」、「離別叮嚀的船隻海岸」、「千年依舊的河洛村」、「母系社會殘留的大理古國」⋯⋯甚或「關懷之所至感傷地走走」；詩人說，那麼詩的超現實手法也會讓複數的「我」，眼淚滴到「兩岸不見牛馬的浩瀚大海」。要是我們自作主張地擠進其中的縫隙，聆聽體受，對於「那無涯無盡無底的潛意識／如鰭如帆的側浪捲起／那黑暗的冰山一角／終得浮起／泛白」的內在景致，應該不會感到詫異陌生。何況詩人挑明了意識型態的葛藤，若能坦誠「跨越語言」文化的偏見障礙，或者也能「跨越二二八以來歷史的傷痛」。我覺得這首詩雖然簡化了台灣積累已久的「兩岸問題」的複雜性，但未嘗不是詩人開闊視野、尋找和平的努力。古添洪另一首〈出／入境——千禧年旅遊手記〉似乎有更進一步的感懷，詩中並置比較的「出境北京／⋯⋯轉境香港⋯⋯／入境台北⋯⋯」，終究落實了「台北」才讓詩人有親切熟習的「回家」感。彷彿為我們前此求同存異的解讀，作一明朗的註腳。整部詩集中，行腳文化鄉愁裡的故國，感慨今昔蒼茫時空兩失，終以宗教性的悲憫自我寬慰的，當以古添洪〈北京法源寺，原名憫忠〉，最屬蘊藉：「一扇古舊的廟門開著／卻等於深鎖／⋯⋯它必須等待等待什麼才完成生命的意義／我的憐憫在門內也在門外／唉，憐憫也在我這兩岸隔絕／文字不寧的心／／佛相莊嚴裡花開花落／木魚聲裡業與種子流傳⋯⋯」。而白靈的〈大戈壁——敦煌旅次〉、〈溽暑過蒲松齡舊居〉，自亦不遑多讓。

在記憶走樣、純樸難再的人間，詩人不免沉思現實生活中之種種無奈，唯其如此，乃有尋索詩美學之無限可能。古添洪

的〈寫給妳／（你）自己演出的詩篇系列〉七首，游刃有餘於真假虛實的地帶，處理在商品消費與資訊網路無恐不入的社會潮流下，雌雄異／同體的人，不斷物化疏離的自我孤獨。詩中猝不及防的後設情境，總以「真實背面的鬼臉」，攪動我們虛偽的靈魂。繼之而起的內在檢視，則被游喚的〈菱角花生〉〈望高寮〉……布置成重巒疊嶂的意象風景，吟哦著看似繽紛華美，其實「什麼都沒有」的生命之歌。然而這首多部合唱的生命之歌，卻在汪啟疆散文詩式的〈生命印象〉九首裡，連番變奏，以詩人屢仆屢起的悲壯意志，逆轉出萬物有情的柔美溫馨來；例如〈No.4 台灣黑熊與 V8〉〈No.5 鱷之自白〉〈No.9 海豹攤岸〉……，雖然詩人喜歡於詩末略為解說他成詩的因緣，但我以為未必是畫蛇添足，汪啟疆這些交錯自然與人事的系列組詩，反倒是酷冷穢亂人世的另類福音。類似的純潔詩人氣質，還可以在洪淑苓告白式的詩作當中，聞到可喜的訊息。

　　《千年之門》裡工筆細描的大我關注及人文思索，為數甚多。江文瑜的九二一地震五首、〈女教獸隨手記〉，與游喚聲東擊西暗藏玄機的〈龍舌蘭〉〈鑲邊鐵莧〉，和白靈的「慰安婦」組詩，以及古添洪的〈近代英／美語觀察〉……都屬之。其中江文瑜因為語言學的專長，與對女性身心處境的深刻留意，讓人對她的詩作有耳目一亮之感，但一些漂浮移動的語碼，所造成詩的隱晦生澀，仍然是存在的事實。白靈顯豁凌厲的嘲諷，自收淋漓盡致的快感，不過，無論怎樣極端性的辯證法則，都理應容許討論的空間。至若古添洪焦聚在「霸權的語言／武斷的音標／蠍行佔道的書寫」的〈近代英／美語觀察〉，涉指強／弱勢文化之對壘，所導致的後者望風披靡喪失主體性的邊緣

困境，確實是當前亟待省思的教育課題。詩中以「深喉嚨在擴音器裡摩擦」的色情意象，指陳我們缺乏選擇分辨力的青春e世代，感官慾望的泛濫，非常尖銳刺目，而從事教職的詩人，則惆悵地任由「無聲的木樂滲透整個宇宙」，且讓「我室內的木樂游遍了兩個黑色喇叭箱」，似乎充其量只能在詩裡詩外「哲學家般沉思」著而已。

　　東方古國悠遠的歷史淵源，與乎深邃的人文傳統，在動盪的時空情境下，確已累世變遷。對此深深緬懷震悼的陳大為，以十首組詩〈我的南洋No.1~No.10〉寫下雜揉家族移民史與國族認同史的遍地滄桑。組詩始於〈我出沒的籍貫〉，中間穿過父祖輩的〈暴雨將至〉〈歲在乙巳〉……，短暫停泊於〈簡寫的陳大為〉，而棲息〈在台北〉的我的肉身，此際顯然正以顫慄的靈魂寫詩，努力尋根、命名，以註冊「我的」南洋，豢養「我的」「古中國的」聖獸「麒麟」。陳大為告訴讀者說，他要「跨越文言與白話　都市和城池／用先秦散文和後現代詩／來填飽我的聖獸／我保證／不會讓南洋久等」，為著「他的」南洋而昂揚著無比生命之創造意志的陳大為，千山獨行苦苦追尋，在遺忘的角落裡等待著他孵化的南洋史詩。從此系列詩作中，我們見識到陳大為銳敏旺沛的才思，反躬自省的生命情致，與及幽深纏繞的文化鄉愁，宜乎是新世代極秀異的馬華詩人。比陳大為早一代同樣來自馬來西亞的陳慧樺，迄今詩作中仍然出現各種語言、膚色與文化的混雜對話，古今同步、東西互滲的詩風，理所當然地映現他個人學養的異采，也蘊藏著縈迴難了的故園情。陳慧樺出現於〈在茨廠街讀報／迤迤〉中的「英美轟炸伊拉克」，顯然與古添洪〈近代英／美語觀察〉

的副標題觀點相近，不過陳慧樺較傾向冷調壓抑的處理。他此處的四首詩其中有三首寫於吉隆坡和新加坡，另一首雖完成於台北，卻以中國四川船難為背景資料的〈船艙外的女屍〉，似欲將其中的恐怖質素，昇華成一則悱惻纏綿的現代聊齋，卻又流宕著一種後現代風的黑澀美感。雙陳這類身居台北卻近乎域外的書寫，應也是華文詩作跨界的世紀風情。

　　寫詩與讀詩之可以興觀群怨，素所周知。我們頗能在唐捐不斷出奇制勝的詩作中，得到或深或淺的印證。濃烈精細的情色刻鏤，即死即生的綢繆糾葛，人神獸之間的上下縱恣、多向度遊走……，在在通過他險密嫵媚的語字叢林，詭異多姿的意象群，以及動靜相濟剛柔互補的個人語法語規，開出極幽邃的詩藝美學。唐捐欲蓋彌彰的深情，恰恰均衡了他眩目的形構技巧。例如〈罪人之愛〉，以不同次元的時空糾纏，寫九死無悔的情之迷執，堪稱心驚動魄、血肉橫飛：

　　　　在不能記憶的第七殿　　我仍將記憶
　　　　在必須悔恨的刑具前　　我絕不悔恨
　　　　我的小母親　　年輕、陌生而美麗的瑪麗安
　　　　愛是無罪
　　　　讓我們用悲慘的呼喊來抵抗神與魔的共犯結構
　　　　不要輕易接受輪迴的假說
　　　　讓我們以更大的執迷來回應無邊的暴力
　　　　死掉一遍　　再死一遍
　　　　總有一天
　　　　我們會在火熱的鍋爐裡遭遇　　屆時

在九萬九千九百九十九℃的油湯裡
請容許我　用這傷殘的身體取悅妳

如果文字的世界可以抵達悽愴靈魂的最深處，再迷離虛幻、再恍惚錯綜，都能予以無盡的慰安。我想，唐捐對憂苦人世的體悟認證，應該來自反覆煎熬的慾望淵藪，詩中赤裸直陳的具象與抽象，其實蜿蜒的依舊是「向死之存在」的回音。我們不妨尾隨詩人，再次回顧那曾有但已不再的純真，再次於夢迴的午夜，品嚐永恆未竟的孤獨：

在不能遺忘的遠方
不能記得　卻記得了的第七殿
我們繼續相戀
……
我們含淚注視彼此的苦難
像兩顆星
在億萬光年之外　發送微弱的星芒
何等榮光　何等難可思量之因緣
死了之後　還能與妳同一殿
妳聽到了嗎
我用斷了又生的舌頭　呼喊妳的小名
……
原諒我　在刀山上跋涉的我無能解救妳
……
請放心（雖然妳的心已被挖去）

閉鎖妳的陰唇　我仍將愛戀妳
掘去我的腦髓　我仍將記憶

　　這當中層層疊疊充溢著對「他界」的張狂臆想，唐捐以殘毀支
離的器官意象，與及穿越生死的陰陽景致，迴環涉指的還是眾
生累世難償的心願。老子「吾有大患者，為吾有身」的總體寓
言，反覆映現在《千年之門》的詠歎中，例如游喚的〈看花詠
——給妳七行〉，白是夠白了：「好心連著好痛／好根連著好
酸／好葉開著清狂」；色也夠色了，像〈磁片1〉：「開啟妳
的身／體像程式運／作一般我只／想聽妳叫為／什麼為什
麼」。彷彿依稀言猶在耳，才讓我們流連在相思無極的愛情地
獄裡的唐捐，居然快速宣稱：「啊／設我對妳的愛為C妳對我
的／為D。請別告訴我／任何事物乘以CD都等於零」。如此
回頭纏繞，復離散抹銷地，方生方死方死方生的一再辯證的人
間情事，又豈只愛慾一端？即使上下求索，「如野雁徘徊於曠
漠的天空／追逐一支劇毒的矢鏃，如蚯蚓／奮力鑽出陰寒的黃
泉／苦苦哀求一株仙人掌用力用力套弄牠／使牠亢奮、流血、
死亡——」，作為詩人之深刻存在的唐捐，是否還是寧可不要
錯過伴隨肉身慾求而來的，如此「致命的一擊」，如此的「血
腥與淚光」，以及「被死神捉拿的機會」？他頹廢之極的〈悼
亦有悼——A面：生者之歌 B面：死者之歌〉，與荒枯至甚的
〈曠日〉，老是氤氳著人間的千般麗緻、萬種風華，招魂似地，
引爆我們「一種悶悶的共鳴」；與及一種近似《法華經》〈從
地涌出品〉所唱頌的：「譬如有人，色美髮黑，年二十五／指
百歲人，言是我子……」的，不能自已的悽惶哀憐？我們自願

隨著這位文字祭司，默默窺「看窗外／蔬菜狠狠向下札根，亡靈從地涌出」……這塵世終極的究竟真相，這日日流轉的尋常奧義，我想，就是詩的秘密之所在。

　　對生老病死戰爭愛情的難以為懷，是《千年之門》重出的主題。未曾長夜慟哭者自不足以語人生。林建隆的幾首俳句，在極度壓縮的三行篇幅裡，以簡鍊的意象聯結，去除行句間正規的語法銜接，於詩思凌躍的瞬間，捕捉極譎幻的父子關係，如〈入院〉：「把父親抱到屋前／左眼全黑，右眼全白／一隻貓的尾巴」；與〈鐵窗的眼睛〉：「天邊想起／父親的喝斥／還好有鐵窗的庇護」……這種種訴諸語字背面的情感湧動和跳接，都不由讓我們腦海裡閃過龐德有名的〈地下鐵〉，那異曲同工的聲色意象。林建隆的這些詩作，常暈染著某種東方文化的人倫之美與哀愁；我們且再細讀一首〈長廊〉：「知道長廊的寂寞？父親呵！等你手術後／陪我走一遭」。至於「門前老樹幹／暗褐的藤蔓／爬上阿爸的臉龐」（〈藤蔓〉），更是人類歷代傳承最深刻的糾纏表述，林建隆悲傷又莊嚴地為我們抒陳：永恆的「阿爸」，必然是後來者的「我們」，身心各個角落裡的宿命存在。

　　詩人奇特的內心經驗，經由語言文字錯落輾轉而成詩，必然是秘密中的秘密。所有發表的詩篇，可以說，都無限開放給任何距離的讀者，而某些隱約曖昧的共鳴，常常要訴諸兩造共有的生命體驗才有可能。很多時候我們不得不承認，讀詩是一種虛妄的解謎；不過，也有很多時候詩人盛情邀約，期許與讀者分享他飽滿的抒情片刻，漫漫長夜的孤寂，以及無盡的時光命題。如果所有詩的底層都是寂寞，那麼，廣義的愛的迷離和

悵惘，情的顛連與受困，也只能語言盡處色空無極。《聖經》上說：「這世界及其上的情欲都要成為過去，它的美榮，就像草上的花，草必枯乾，花必凋謝。」佛經有云：「華世虛空，可思量否？」雖然如此，即使如此，同情和愛，美與真，仍然是《千年之門》的詩人，或隱或顯或正或反，一再吟詠的主題。他們的詩是塵世無窮慾望的變形演出，讀者身心同步的閱讀，將得以和他們一起穿越靈肉的煉獄，獲取深沉的寧靜慰安。

學院詩人群年度詩集一覽

1. 《（後）現代風景‧台北——學院詩人群年度詩集 1996》，臺北：文鶴出版公司，民86年。

2. 《戲逐生命——學院詩人群年度詩集 1997》，臺北：台明文化公司，民87年。

3. 《詩的人間——學院詩人群年度詩集1998-99》，臺北：台明文化公司，民88年。

4. 《切入千禧年——學院詩人群年度詩集1999-2000》，臺北：文鶴出版公司，民90年。

5. 《千年之門——學院詩人群年度詩集2001》，臺北：萬卷樓圖書股份有限公司，民91年。

6. 《震來虩虩——學院詩人群年度詩集2002-2003》），臺北：萬卷樓圖書股份有限公司，民93年。

國家圖書館出版品預行編目資料

震來虩虩：學院詩人群年度詩集(2002-2003) ／
陳慧樺等著；唐捐主編. -- 初版 -- 臺北市：
萬卷樓，2004[民 93]
　　　面；　　　公分
　　　ISBN 957－739－489－2 (平裝)

831.86　　　　　　　　　　　93009504

震來虩虩
──學院詩人群年度詩集（2002-2003）

主　　　編：唐捐

著　　　者：陳慧樺、汪啟疆、尹玲、古添洪、簡政珍、白
　　　　　　靈、林建隆、洪淑苓、方群、唐捐

發 行 人：許素真

出 版 者：萬卷樓圖書股份有限公司

　　　　　　臺北市羅斯福路二段 41 號 6 樓之 3

　　　　　　電話(02)23216565‧23952992

　　　　　　傳真(02)23944113

　　　　　　劃撥帳號 15624015

出版登記證：新聞局局版臺業字第 5655 號

網　　　址：http://www.wanjuan.com.tw

E－mail ：wanjuan@tpts5.seed.net.tw

承 印 廠 商：晟齊實業有限公司

定　　　價：200 元

出 版 日 期：2004 年 9 月初版

ISBN 957－739－489－2